i like to look up and
smail when missing you

想你的时候 雷智华

抬头微笑

用错的爱来成长
用对的爱来绽放

台海出版社

图书在版编目（CIP）数据

想你的时候，抬头微笑 / 雷智华著 . -- 北京：台海出版社，2016.4

ISBN 978-7-5168-0942-6

Ⅰ . ①想… Ⅱ . ①雷… Ⅲ . ①散文集－中国－当代

Ⅳ . ① I267

中国版本图书馆 CIP 数据核字（2016）第 068149 号

想你的时候，抬头微笑

著　者：雷智华

责任编辑：姚红梅　　　　　　装帧设计：金刚

版式校对：周丹　　　　　　　责任印制：蔡旭

出版发行：台海出版社

地　址：北京市朝阳区劲松南路 1 号，　邮政编码：100021

电　话：010 － 64041652（发行，邮购）

传　真：010 － 84045799（总编室）

网　址：www.taimeng.org.cn/thcbs/default.htm

E-mail：thcbs@126.com

经　销：全国各地新华书店

印　刷：北京爱丽精特彩印有限公司

本书如有破损、缺页、装订错误，请与本社联系调换

开　本：787×1092　　　　　　1/32

字　数：123 千字　　　　　　印　张：7.5

版　次：2016 年 6 月第 1 版　　印　次：2016 年 6 月第 1 次印刷

书　号：ISBN 978-7-5168-0942-6

定　价：35.00 元

序　言

不能很爱很爱你

当真情涌来的时候，一切的克制和自欺欺人都是徒然，就如亦双与赵宣的相遇。

赵宣是上海一家行业报的记者，与亦双性情相近，聪明而又敏感，都是家里的独生子女。

亦双离他千里，是不大不小的一个写手。某天，亦双在网站上发现一家打工杂志编辑的征稿QQ，便加了他。他的个人说明很有趣：他说他刚失恋，未婚MM不要闲聊，聊出个网恋来不好。亦双不禁哑然失笑，有点此地无银三百两。她不怕与他闲聊，虽然亦双是未婚MM，但是，她绝对不会嫁到那么远的地方，因为，她是家里的独生女，她不会离父母太远，让他们晚年孤单。

如果说机会无处不在，倒不如说缘分无孔不入。即使他已经不是那个杂志社的编辑，即使那个征稿早就过时，他们的话题仍有增无减，但却总在爱情之外。

星期天，赵宣的线上只有亦双一人。他说一首歌好听，要

I

与她分享。亦双听了，是张国荣的《倩女幽魂》。赵宣说："人生，梦如路长，红尘里却始终找不到爱的方向。"亦双不解，直到张国荣哥哥悲痛酸楚的声音将她的眼睛浸湿，终于释然。

亦双说我也喜欢一首歌，也与你共享。打开梅艳芳的《一生爱你千百回》，虚拟的网络世界里就有了爱的回音。已是曾经沧海，即使百般煎熬，终究觉得你最好……亦双说，人间有爱，爱在昨日，也会延续到今天。

是哥哥的爱恋太缠绵，还是姐姐的倾诉太痴情？没有芝麻开门，爱情之路悄然打开。一字一句，一唱一和，你侬我侬的回响早就让人欲罢不能。

一天，刚要下线，赵宣突然对她说道："接了一个人物传记，我们一起写，好不好？"他说他要当面给亦双弹奏一曲《梁祝》，与她一起看场通宵电影，而这些便是他永远的幸福。亦双久久没有回答，诱惑她的不是白花花的银子，而是不能自已的深情。

仅仅三天的时间，亦双只身来到了上海，来到了那个高楼林立、灯火辉煌的地方。她甚至连自己的父母都没有说，只是找了一个借口。她不想骗他们，但是她怕他们知道真相，他们会伤心、会难过。

亦双没有住市区，她住在离市区二十公里的地方。亦双知道自己与他有距离，有一段不可避免的距离。每次坐在车里往返的时候，亦双的心总会没有来由地疼痛起来。身边绿树红花、春意盎然，但这一切与她无关，她知道自己不属于上海，不属于这个繁华的世界。

赵宣对亦双的态度与网上判若两人，忽冷忽热，而亦双对他的依恋更加欲罢不能。亦双知道自己错了，但已不能自己。她对赵宣说："在我的眼中没有人物传记，没有《梁祝》，更没有通宵电影，千里迢迢只因你。"

赵宣很喜欢逗亦双笑，他说他希望自己喜欢的女孩开心。只是喜欢，他不敢说爱，因为爱会伤人，因为他怕如果说出了那个"爱"字，亦双会为了他不顾一切地留下来，会为了他辜负疼她爱她的双亲。

广场长椅上，赵宣会用身体替亦双遮雨。赵宣的指甲短短的，亦双会给他买钙片。他喝酒时亦双会不耐烦，大声斥责。在背后跟丢时，他会生气地骂她傻子。反反复复，他们时常会相对而泣，他们故意把彼此弄得很痛，很痛！

赵宣住在地铁站的附近，亦双去过很多次，却从来没有想过记住怎么走。

最后一次，亦双对赵宣说去你住的地方再坐坐吧，然后我就回去，回我来的地方。赵宣点了点头，他在前面走，她在后面跑，右转左拐，穿越多次的路依然模糊。

出来时，赵宣说："你自己出去，我不送你，找不到路，就抬头看天上的太阳，地铁站在太阳升起的地方。"亦双转身，脸上有泪，脚步越来越快。不是因为他的绝情，而是怕自己心软，软得连抬脚的力气都没有。

亦双就这样一直走，一直走，没有抬头，没有看太阳升起的地方。亦双知道上海只要赵宣在，那么她就永远不会迷失，不管我从哪里来要到哪里去……

亦双终于从赵宣那里走了出来，从上海走了出来。对于两个没有选择的人，除非绝了情，没有更好的办法了。

目录
catalog

第三辑　爱情之外婚姻之内

题　外

第一辑

远远地爱着你

想你的时候，抬头微笑

"……风吹着白云飘，你到哪里去了？想你的时候，抬头微笑，知道不知道……"爱一个人的方式有很多种，就像我这样，在很想很想陆过的时候，只是轻轻地微笑一下，不管陆过会不会知道。这是叶小禾此时此刻的心情，有一种爱情可以很爱很爱，爱到可以放手，爱到不需在明天或者将来……

（一）

深圳华强北人潮如涌，我像罐里的沙丁鱼被人挤来挤去，无法稳住脚。即便这样，我仍紧紧地抓着肩膀上的黑提包，怕它被汹涌的人群掠夺。几天前，我和父亲来深圳发展业务，结果他意外受了重伤，包里的两万元，是我刚从银行取出的救命钱，我不能有丝毫的闪失。

赛格广场前的天桥，人员渐稀，我低头拾阶。走过这个天桥，我就能把钱安全送到不远处的医院，然后父亲就可以动手术了。天色渐暗，我汗水淋淋，抬头擦脸时，一名男子从身边急速而过，他一步三回头，手里扬着跟我包里装钱一模一样黄色的信封。

"钱！我的钱！"我不假思索快步上前追去，前面的人仍回头不已，脚步却没有丝毫减慢下来的意思。我拔开双腿追去，一个趔趄，再一个趔趄，终于摔倒在地。前方的人这时反而停了下来，回头靠近我，再靠近我。我伸手夺过那个让人窒息的黄色信封，空空如也，只有一张纸的厚度，让人晕眩。钱呢？我揪过他的双领，大声质问。

我的脸与他的脸贴得好近，两道剑眉、双目如星，惊起的双颊旁竟也有两个深深的旋涡。世事难料，这样长相的人竟也是龌龊小人。"你把钱拿到哪去了？你这个混蛋！不拿出来我跟你拼命。""什么钱？"对方一副毫不知情的小人模样。"信封里的钱啊，快拿出来！"我摇晃着那薄薄却又沉重无比的纸片，快要虚脱。

"里面只有一张发票！"他抓了抓头皮，我打开一看果然如此。"小姐，你肯定发生了什么误会的事，你再想想。"一语点醒梦中人，我一手紧紧抓着他的衣领，一手翻开手提包。打开再打开，终于最里层有道刺眼的黄色让我心跳加快。

抚摸着它，似看到久未谋面的亲人，泪水纵横。眼前的黄色信箱，像一个未出闺门的少女，静静羞涩地躺在包里，分毫未损。我突然放手，看着眼前的人，不知道如何应对。"没事了吧？！没事就好。"男子扶起我，一张名片落入了我的手中，是赛格广场某个电脑公司的负责人。"如果有什么需要帮忙的地方，打我电话，我有急事先走了。"男子的背影越来越远，终于消失在我的泪水里。

围观的人渐逝，周围突然一片静谧，像百合花在深夜的幽谷里慢慢绽放，暗香涌动。脸庞上仿佛还有那人呼出的温存，轻轻的、暖暖的，挥之不去。

抬起手来，我从名片上看到一个年轻的名字：陆过。

父亲的手术非常成功，而我却落下一块无法消除的心病，我不知道为什么有一种怅然若失的感觉。仿佛在我的生命当中，有一件事应该发生而没有发生，是什么呢？我隐隐约约好像知道，却什么也想不起来。

家人来接父亲出院回家的时候，我决定留下来。

一天又一天过去了，我细数着每个流逝而过的日子，从来没有感觉到这样的寂寞和空虚，我想我不能再等了。于是，我背着包在深圳市区一遍又一遍来回审动着，从福田到罗湖，再从罗湖到华强北，反反复复，我都不知道自己何去何从。

在这样的周而复始之中，我丝毫都没有发现，自己随身携带着的包，已经不知所踪，直到我在一家餐馆吃完饭，气势汹汹的老板瞪着金鱼眼找我要钱的时候，我才发现，自己身上已是分文未剩。怎么办？我连哭的力气都没有。突然间我憎恶起深圳来，为什么这样一个繁华都市，暗地里却有一些不为人知的丑恶。

是的，在深圳市区，我没有认识的人，没有人可以帮我。我茫然地望着收银台的电脑，突然间，我想起了一个人，一个只是和我擦肩而过的人。

打他电话的时候，他的周边似乎很吵，他几乎是用吼着跟我说话的。我说我是叶小禾，他说哪个叶小禾，不认识。我说，我就是那个黄色信封女孩，你是贼，你忘了吗？他在电话那头突然笑了起来，你这个贼喊捉贼的家伙，找我什么事？是不是钱又丢了。

我带着哭腔说，刚才在餐馆吃饭时，结果发现自己的包被偷了，现在被押在餐馆里了，就等有人来赎了。他在电话那头叫了起来："啊？等着啊！"然后，没等我多重复一次我所在位置，电话已经被挂断了。

他会来吗？他是我的谁？为什么在这样困难的时候，我会突然间想起他？我又是他的谁？在我面临困境的时候，就凭当时的一场误会，他会为我挺身而出吗？

我终于被陆过"赎"了出来，深圳在我的眼中也开始变得花红柳绿，春光明媚。

我不知道我是不是开始喜欢陆过，我只是知道，赛格广场的天桥上，他的出现一定是为了履行前世五百年的某个约定。

我跟陆过来到赛格广场他工作的电脑公司里。我说："我的钱丢光了，没钱回家。我打字的速度很快，而且很勤快，我想留下来帮忙。"我知道，再铁石心肠的人，也不会对一个身无分文、可怜楚楚的异乡女孩下逐客令，更何况我还略有姿色。

陆过终于把我录用下来。其实陆过是被我的表面所欺骗了，我没有告诉他，在深圳我的住所里，有好几张信用卡没有带出来，随便的一张至少可以一次性从银行提出数万元现金来。

就这样，我从一个集百般宠爱的公主，变成了电脑公司的小文员。打字、擦桌子、拖地板，无所不做，昔日的纤纤细指也开始变粗糙。但是，我却有一种简单的快乐，我不知道是什么感染了我，只是觉得，陆过在我面前忙碌的样子，让我倍感温馨。

陆过不是本地人，却有着三餐回家吃饭的习惯。我很纳闷，隐隐地感觉到这里面一定有着不与人知的故事。但是，却没有人告诉我。

电脑公司的事务繁琐，时常会碰到一些不太会使用电脑而故意找碴的客户。陆过是个直性的人，有时候把他惹急了，他也会赌气地挂掉对方的电话。先不要说客户是不是上帝的问题，一个频繁发火的人不仅会养成暴躁的习惯，而且还不利于身体健康。

一天，我正招待店里几个客户喝水，陆过又拿着电话跟人吵了起来。看着他脸红脖子粗的样子，我气急败坏地扔掉手里的纸杯，叫道："讲电话不要那么大声！"一时间全场都静了下来，几个客人瞪大眼睛地看着我，我突然才想起自己的身份，这样大声跟老板说话，根本就是不想混了。

晚上快下班时，陆过不怀好意地走过来说："你下午那样，是不是想被扣工钱？"我斜着眼睛似笑非笑地看着他说："你以为我留下来真是为了那点银子吗？"然后，我丢下晕头转向的陆过，转身而去。

我承认，我没有胆量直接对陆过说出那三个字。我想，应该是陆过的态度让我举棋不定，我不能自作多情。我一直不明白，为什么感情这种虚空无实的东西，却足以让人上瘾至死。我就像那蛰伏着的蛹，被一条条无形的情丝缚绕缠结，静静等待破茧而出的日子。

（二）

父亲又打来电话了，他说如果一个月再不回去，他就要亲自"请"我回家了。

我害怕，害怕自己到走的时候，陆过都不知道我爱他，更害怕自己到走的时候，都不能让他爱上我。

有一天，我发着烧，不低于四十度。刚走进公司里，陆过又在打电话，我说："不要大声说话，会生病。"然后我软绵绵地倒了下去。

我住院了。陆过很忙，但是，他还是会抽空跑过来匆匆看我一会儿，啰哩啰嗦地说一些好好照顾自己之类的话，甚至还会把我飘在额前的长发夹在耳后。

父亲如约而至，他大大咧咧地坐在陆过的电脑公司里，一身名牌。我装着没有看见他，讪讪地忙碌着。他似笑非笑地调侃着："哟，这个女孩，好勤快啊，还会拖地板！"我头一低，脸迅速地热了起来，认识我的人都知道，我向来只会衣来伸手，

9

饭来张口。父亲四处张望，甚至有些蔑视地看着陆过为几元的
蝇头小利与客人讨价还价。

突然间，父亲指着一台积压很久的台式电脑，粗声粗气地
让我给他搬到车上。我茫然地望着他，不知道葫芦里卖的是什
么药。陆过走了过来，他说，这台电脑配置太低，存在很多缺陷，
可能不太实用。父亲有点意外，还有这样傻的人，自拆招牌。

父亲还是不罢休，他说只要我把它搬到车上，再烂的电脑
也会买。许多人过来帮忙，他不让。我笨拙地把电脑装在纸箱
里，慢慢地拖动着。从这里到楼下，不是太远。但是，对娇小
的我来说，却胜过千里。

陆过静静地看着，脸上一阵青一阵白。他很傻，他一点也
看不出来，这是我的父亲，我的亲生父亲，不是刻意、无理取
闹的客户。他过来扯住我，他说不卖了。我执意要搬，我说积
压这么久不卖亏很多钱的。他擦了擦我额头的汗说，亏了就亏
了吧，有些东西比钱更重要的。这个傻瓜，我突然感动起来。

我很任性，不顾任何人的劝阻硬是把电脑搬上了车。我要
让父亲知道，他的女儿和这台闲置电脑一样，只要碰到合适的
人，就不会失去自身的价值。

父亲最终还是没有再出新招了，我想他的目的已经达到

了。血毕竟是浓于水的，只要我觉得值得付出，什么样的方式已经不太重要了。我想陆过的执着和我的变化一定出乎他的意料，或许他是明白了，有些人有些事，虽然不太让人理解，但却有着深刻的意义，就像眼前这种平庸的忙碌和近乎意气用事的行为。

我不知道父亲是什么时候回去的，偏执的他竟也有妥协的时候。

电脑公司的生意越来越好了，送货人手不够的时候，我也会被指派到外面。但是很奇怪，陆过从不让我与他结伴同行，他是不是害怕某件事情的发生？或者，他根本不希望某种事情的发生，就像我可能会在没人的时候突然对他表白。

深圳的冬天还是有点冷，即便是这样，陆过还是三餐照常提前回家吃饭。我很好奇，却仍然得不到结果。

元旦晚上，公司决定去聚餐。我很难受，独自一个人在异乡，为着这样一份若有若无的爱情，可我还是滴酒不沾，因为我知道即便是醉了，也自欺欺人不了多久。但是，陆过却不一样，似乎有什么心事，几杯红酒落肚就不省人事了。

同事们意犹未尽，这些家伙，关键时刻全都自图享受。同事说，他的家在地王大厦的附近，不好找。我不忍心看着陆过在酒桌上熟睡着凉，执意要送。

就这样，我扶着陆过趔趔趄趄地走出中餐厅。刚走到酒店的停车场旁，陆过突然难受地推开我，靠在墙边上重重地喘着气。就在这时，一辆小车迎面摇摇晃晃开过来，又是哪个醉鬼酒后开车。没容我多想，车已经朝陆过急速开来。陆过还靠在墙边，根本没有发现迎面而来的危险。天啊！我一急，快速地跑了上去，用身子硬生生地挡在了陆过的身前。就在一瞬间，那辆车呼啸而过。那个时候，车身和墙紧紧地把我和陆过夹在了中间。

车身带过我的衣服，我摇摇欲坠，胸腔硬生生地疼痛起来。我无力地趴在陆过的身上，头晕眼花。雨开始下了起来，越来越大。渐渐清醒的时候，我闻到一股男性特有的味道，温暖舒适，我知道那是陆过的气息。

是的，日夜思念的人儿就在身边，我开始意乱情迷。天地间突然停止了运转，身边的风声、雨声似乎与我无关

我说："陆过，我爱你！你知道吗？"陆过低沉地回应道："小禾，我知道……"陆过紧紧地拥着我，重重地喘着粗气。我闭上眼，把脸抬了起来。陆过的脸慢慢向我靠近，好烫好烫……

就在他的唇快要碰到我时，突然他一把推开了我，狂奔而去，不知所谓。

就这样，我被丢在雨里，一个人，心好痛！

（三）

我又生病了，发高烧，说胡话。

陆过来了又去，去了又来。

后来，一个在公司工作很久的同事来了，我终于知道了陆过的故事。

陆过原来有一个女朋友，是他大学的同学。几年前，他们一起来深圳闯天下。他们刚开始很相爱，但是女孩脾气太坏了，天天为着一些小事与陆过争吵，她的任性和多疑让陆过身心疲惫。

那天，女孩听到陆过提出要分手，她不顾来往的车流，任性地冲过马路，最后被迎面而来的车辆撞成重伤。女孩生命徘徊的时候，告诉陆过，只要他不离开她，她就会活下来。陆过答应了。后来，女孩果然脱离了危险，而陆过也履行自己的承诺，开始照顾女孩，并且不再和别的女孩交往。

听完以后，我无语，这算是什么爱情？还债？抑或是在兑

现诺言？

同事走后，陆过又来了。

我说："你还爱着她吗？"

陆过很诧异地望着我，很久后摇了摇头说，早已没有爱了。

陆过又说："小禾，对不起！"

我说："你不喜欢我？"

他说："不是。"

我说："爱情不是怜悯，即便你们在一起了，那也不是爱情，也不会幸福。为什么要用这样的方式毁了自己的一生？"

陆过说："你没有遭遇过，你不知道，有些时候，两个人在一起不单单是因为爱情，而是一种责任。"

……

出院后，我和陆过很少交谈，他明显地躲着我。到底是一个什么样的女孩？让陆过面对我这样执着的追求置之不顾。我不相信这世上，还有这样一个人，傻傻地固守着一份没有感情的爱情，我更不相信自己会失败。

陆过外出办事，一份协议在家忘了带，让同事去拿来传真。我自告奋勇，我想见见她，见了她，可能就会有答案了。

陆过住的地方很难找，拐了好几个弯，问了好多人最后才找到。

按了门铃，一个年轻的女孩，苍白憔悴的女孩，坐在轮椅上为我开了门。

我说我是陆过的同事，他把一份资料放在了家里，让我过来拿的。

走进他家的时候，我看到她的两个裤脚和一只袖子空荡荡的，什么也没有，我的头脑一片空白。许久以后，我才明白，陆过不是三餐回家吃饭而是三餐回家做饭。

正在找资料的时候，陆过家里的电话突然响了起来。是女孩的母亲打来的，从对话当中，我听到女孩的母亲让女孩寄钱，说他的哥哥病又发作了。

我诧异地看着女孩，充满了疑问。女孩说，她家在偏远的农村，父亲早逝，为了让她上大学，唯一的哥哥外出打工累出重病。现在，家里已经负债累累，要不是有陆过在，自己和哥哥可能早就不在人世了。

我惊呆了，我不知道她为什么要告诉我这些。但在这个时候，我突然明白了，这或许就是陆过所说的责任吧！

我集百般宠爱于一身。然而她，除了一个支离破碎的家庭和残缺不全的身体，就只有一个陆过。她生命仅有的东西，我又怎么忍心去剥夺它；我又怎么忍心亲手扼杀，一个已经被命运折磨得快要失去生存意志的女孩呢？

　　他们原本是两个相爱的人，虽然爱已经是过去时，但在他们的生命里，还连着一种赖以生存的束缚。我想陆过是对的，在这人世间，没有什么东西比人的生命更为重要。

　　这个时候，我终于知道了，这里不属于我，我是该回家了。在不远的地方，我还有很多爱我、关心我的人。

　　临走的时候，女孩开门送我，她说如果找不到出路，就抬头看地王大厦，顺着那个方向走，很快就可以走出去了。

　　我就这样一直走，一直走，没有抬头，没有看地王大厦。我知道我不会再迷失，不管我从哪里来要到哪里去。

　　……

　　我到现在还是一个人，我很喜欢刘若英的那首《知道不知道》："……风吹着白云飘，你到哪里去了？想你的时候，抬头微笑，知道不知道……"爱一个人的方式有很多种，就像我这样，在很想很想陆过的时候，只是轻轻地微笑一下，不管陆过会不会知道……

三千六百五十条赎罪的黄丝带

　　林小谷，一个听起来就让人心疼的名字，而有这样名字的女孩更有着让人心酸的往事。如果说林小谷是不幸的，那么她所遇到现在的周寒却是那么的让人怦然心动；如果说林小谷是幸运的，那么她和周寒过去的往事又是让人如此的不堪回首……

（一）

　　我出生在闽南地区的一个城镇当中，在我年纪很小的时候父亲因意外去世了，为不负母亲的期望，从小学到大学，我都拼命地念书，每天早上五点多我就起床了，晚自习的时候我总是熬夜到一两点，为的就是取得好成绩以换得母亲那舒展的笑容。

　　大学毕业后，我进入了本地一家实力雄厚的企业里就职，苦尽甘来的我非常珍惜这份工作，很快我出色的表现得到了董事长的另眼相看，两年以后，我被提升为总经理助理。

　　下班后闲来无事的时候，我总喜欢到公司不远处那一所中学的后山中独自小坐，在清净明亮的溪流旁，孤僻不喜的我便能享受到片刻的宁静与开怀。当夕阳将余晖挥洒在晶莹通透的水面上时，我总是深深地凝望着水中忧郁的自己，我在想为什么人生总会有那么多的不幸与挫折？如果今天我所得到的成就与不幸能对调的话，我甘愿自己只是一个平凡而又快乐的女孩！每当想起十年前深夜那一幕，我总有一种不寒而栗的感觉，那两个黑影犹如传说中的魔鬼，恐怖而又可怕！

　　秋日一天下班后，我仍旧步行到这个林子里，可是当我快到昔日独处地方时，却发现前面已经有一个人在那儿坐着了，走近时我发现那是一个陌生的年轻人。我沮丧地转过身去，心里想，这个人真讨厌把别人的位置给占了。

　　"嗨！"对方向我打起了招呼。我停住了脚步，抬眼打量起眼前这个青年小伙子，他长得不是很帅气，却有着一双清澈透亮的眼睛和一种和煦如春风的微笑，是一个很容易让人产生亲近感的男孩。出于礼貌我朝他点点头说："你在这里做什么？"

　　"我以前在这个学校里就读，十年了，我一直忘不了这里的一切。"男孩意味深长地吐了一口气，眼中竟有一些莫名的感伤。

"是吗?"我说道,"你知道吗?一年多来这里一直是我个人的小天地,你的闯入我可能会失去一个独处的空间!"我的语调里有了一点点的火药味。

"哈!哈!哈!那么我要说对不起了。"对方爽朗的笑声,让我一时竟无以适从。

"你自己慢慢独享美景吧!我告辞了。"气急败坏的我转过身想离开这个地方。

"我叫周寒,有空的时候我们认识认识!"那个男孩在后面大声地叫着。

"哼!小人得志。"临走的时候我回头狠狠地瞪了他一眼。

第二天早上上班的时候,公司里突然召开一个紧急的会议,原总经理因涉嫌贪污被公司开除了,当董事长宣布由周寒担任新来总经理一职时,我惊呆了!周寒,不就是昨天那个男孩的名字吗?是他吗?为什么他会是我们公司的总经理?

一阵掌声中,新总经理从会议室外推门而入。看到他时,我的心中一阵乱跳:"果然是他!"我在想:"天啊!真是冤家路窄!以后我怎么收拾这个烂摊子啊。"

一身西装革履的周寒显得英气逼人,他诚恳地说:"我刚

刚参加工作，请大家以后不要把我当成老板的儿子，有什么不对的地方请尽管提出……"我张开嘴惊愕地望着他，得！还是老板的儿子，看来我是在劫难逃了。

散会后，周寒打来内线叫我进去他的办公室一趟。"果然是小人，这么快就报复了。"我心里想着，便起身直入他的办公室，连最起码敲门的礼貌都忘了。

"我的助理小姐，能自我介绍一下吗？"周寒指着我的身边的椅子示意我坐下。

"林小谷，今年26岁，中文系毕业，2002年进入公司，现任总经理助理，未婚。"当我面无表情地吐露最后两个字时，周寒竟然"扑哧"一声笑了出来，并把满口的茶水喷到了我整洁的浅蓝色套裙上。

"你……"气急败坏的我站了起来，顺手拿起桌上的文件夹朝他砸过去时，突然想到：不能砸！他是我的上司兼老总的儿子，不是昨天的周寒！

我硬生生地将手中的文件夹收回。

"对不起！对不起！……"周寒连忙起身，双手递来一叠纸巾。

"你真小气！竟对昨天的事耿耿于怀。对不起，我还有事，我先出去了。"我真想立刻离开这个鬼地方。

"你昨天和今天生气的样子真美。"当我前脚刚跨出总经理室时，我又听到这样一句足以让我吐血的调侃。

（二）

两个月很快过去了，庆幸的是周寒竟没有炒我的鱿鱼，在老总面前还不时在夸奖我工作出色，待人处事都得体恰当，是他的好助手。

其实一段时间的相处，我发觉周寒与别人相处时总显得落落大度、斯文有礼，行言举止毫不缺乏修养。而对着我时却总是挑一点鸡毛蒜皮的小事弄得我满肚子怨气。不过说实在的，在旁人面前他倒没有给我难堪，甚至有好几次替我承担了工作上的疏忽，被老总狠狠地 K 了几回。

4 月 15 日那天是我的生日，快下班的时候，我手机的短信嘟嘟响起，我按下查看键，看到了这样一条信息：晚上八点有客户要接待，请到兰园酒店三楼 305 房等候——周寒。

"既然是公事就打个内线，神秘兮兮地发什么短信，真无聊！"我不情不愿收拾好桌上的办公用品，心里却想到：反正很久都没有人替我过生日了，闲着也是闲着，不如工作比较充实。

晚上 7 点 50 分我驱车到了兰园酒店，在酒店下面我发现了周寒的黑色佳美轿车。"没有想到这小子还来得比我早。"我边想边往里走。

当我推开 305 房时，忽然一阵欢快的音乐声响起，是生日快乐歌！我怔住了，随即发现了一个巨大的生日蛋糕摆在了我的面前。

"小谷，生日快乐！"周寒站在我的面前用与平日不同的声音温柔地对我说。

"你……"此时此刻的我被一种巨大的喜悦包围着，自从父亲过世后，就没有人替我过过生日。只是周寒他为什么替我过生日呢？我望着他竟问不出任何的话来。

"别你啊你的，我们来点蜡烛吧！"周寒一把拉起我的手，往蛋糕面前走。

平时与他只有口角是非多，今天我的手第一次被他这样亲昵地握着，我忍不住羞红了脸。

吹蜡烛时我悄悄地许下了一愿望：但愿我能早日找到一个白马王子，如果这人是周寒也没有关系。

"你今天是不是头脑发烧了，突然对我这么好。"我眨着眼睛问周寒。

"其实我从见你第一眼起，我就有一点喜欢你了，没有想到我们还真有缘分，你竟是我父亲公司的员工。所以，我就以权谋私了。"周寒坏坏地笑道。

"你这么坏！"我追着周寒要打，却被他紧紧地拥在怀中。

……

从那开始，我与周寒相恋了，在相处的点点滴滴时光里，我尽情享受着上天对我的恩赐。上班时我们会以含情脉脉的眼神交流着彼此的情感，下班后我们还会一起徜徉在我们第一次遇见的树林里。

我们的交往也得到董事长的认可，在周寒带我回家时，董事长总是意味深长地对我说："你是一个好女孩，周寒能找到你这样的女孩，我就放心了。"

但是，几天之后的一件事却让我对这份所谓的爱情充满恐惧。

那一天，周寒去北京出差时，有一份重要文件忘了带，他打电话让他们家保姆送到公司让我用特快专递寄出。可是，他们家的保姆却告诉我她找不到周寒要的东西，叫我过去找找看。我急忙叫公司的司机送我到周寒家中。

周寒家中的书房以前我曾来过一两次，还借了好几本书。

费了好大的劲我最终在桌上的一大堆文件里找到了周寒要的资料了，当我急匆匆地要往公司走的时候，桌上的一本笔记本被我碰落在地，我蹲在地上捡起时，无意间我看到了我的名字。

"是周寒的日记本，里面写我什么呢？"我好奇地拿起它看了起来，上面写道："……每当我与一个女孩子开始交往后，我就想到十年前我差一点蹂躏女孩的情景，不知道她现在有没有找到对象，过得如何？……"在桌上我发现了一枚小小紫色的扣子。

看到那似曾熟悉的物品时，我竟连一点支撑的力气都没有了，一阵阵黑暗向我袭来，十年前那一段不可告人的惊悸，开始浮现在我的眼前：

十年前，我就读于本市一所重点中学的高中部，在那里我每天晚上都自己一个人在教室里面自习到深夜一点多。

我永远也忘不了星期二的那天晚上，在我收拾好书包要离开三楼教室回宿舍的时候，突然闯入了两个我不认识的少年，没等我看清他们的模样，电灯就被关掉了，黑暗中一个人冲上来将我紧紧地压在地上，还有两只手揪住我胸前的衣服，一下子就把它撕开了，惊恐里我听到了内衣被撕裂的声音，我大声地呼救却被空旷的教室给吞噬了。

"不行！不能这样！与其被糟蹋不如死了算了。"平时手无缚鸡之力的我不知哪里来的力气挣脱了他们的魔爪往窗外跑去，想也没有想就往下跳了下去……

当我醒来的时候，我发现我躺在医院里，母亲则在一旁不停地哭泣着，后来看望我的同宿舍校友告诉我，那一天，她们发现我很晚都没有回宿舍就想到教室里找我，结果发现了躺在楼下衣衫不整，昏迷的我……

回到学校后，我不时地感到身后有人对我指指点点，我隐隐约约听到有人说："这个人真不要脸，被人给玷污了，还有脸留在学校，真是有伤风化。"虽然我知道我是清白的，但是别人看到的只是衣冠不整的我，没有人知道真相。有好几次我有了轻生的念头，是母亲苦苦哀求我，要好好活下去。

为了避开这种尴尬的场面，临近高考时我被迫转到乡下一所普通高中里就读，那一年本来有望考上重点大学的我，受到这样的打击，却连普通大学的门槛都不能迈入。为了不让母亲失望，我复读了一年高三，虽然最终我还是如愿地上了大学，但是那一天发生的点点滴滴却像噩梦一样紧紧相随，两个看不清脸的黑影总烙印在脑海中，挥之不去。

（三）

我如同游魂一般地从周寒家走了出来，手中紧紧攥着那枚紫色的扣子。回到家后，我从箱底找出了那件封存着恐怖阴影仅存一颗扣子的花格子衣裳，我对比着一模一样的两颗扣子，泪水从眼底不断涌出，我知道那是因为周寒，因为往事，更因为我必须选择一条我不想走的路。

那天后，我再也没有回到公司。临走时，我将那一件花格衣裳和那枚紫色扣子放在了周寒的桌上。除此之外我没有留下片字只语，我知道他应该知道为什么？我知道就算我把周寒杀了，也不能让历史从头来过，我要像从前一样，离开令我不开心的地方。

我给远在武汉的女友打了电话，我说我想到那住上一两个月，叫她收留我，她答应了。就这样，我告诉母亲我要出一趟远门便自己一个人登上了前往武汉的飞机。

在女友那的一个月里，孤寂无人的时候我学会了喝酒抽烟，我最最害怕深夜来临的那每时每刻，因为那时与周寒相处的点点滴滴会似潮水般地向我涌来，渗进我心底还没有愈合的伤口，有着一种撕心裂肺般的疼痛。于是我加倍地麻醉自己，渐渐地我嗜酒成狂。女友劝说无效后，怕我出事便偷偷地给家里打去了电话。

两天后，闻风而来的周寒在女友家找到我，隔着薄薄的门板我听到周寒用沙哑的声调苦苦哀求我，他说，他是爱我的！非常非常爱！以前是他错了，现在他想用一辈子的时间来偿还，请我一定要给他机会。

"你走吧！不要骚扰我，不然你会永远看不到我的。"我扔下一句冷冷的话后，不想搭理他。

好久好久后，我才听到周寒说道："好，我不打扰你，我到你们楼下等你，直到你原谅我。"说完，他的脚步声渐渐远去。

隔着窗口我看到了烈日当空周寒一个人孤零零地站在对面的电线杆下。现在正值三伏天气，有"火炉"之称的武汉更是酷热难当，当我打开窗户时一阵滚烫的风浪涌入室内，火烧火燎得让人感到窒息，这时室内的空调似乎起不了什么作用了。

"就算你站到死，我也不会原谅你的，因为你不知道往事对我伤害有多大。"我看着满身被汗水浸湿的周寒，仍不为其所动。

一个小时过了，三个小时过了，我抬头看了看天空，刚刚还烈日炎炎的天空突然乌云密布，一会儿竟下起了滂沱大雨。我看了看还站在原地不动的周寒，心中开始不忍了。就在我犹豫的片刻里，我看到周寒湿透的身子慢慢地向后倒……

"周寒！"我用最快的速度冲到了楼下，拦住了一辆的士把周寒送到了医院里。

……

刚脱离险境的周寒还是陷入昏迷状态，医生说再过几个小时便会醒来，叫我不要担心。我守在他的床前，看着他昔日俊朗的脸上不再有往日的光泽，满脸的胡茬，整个人又黑又瘦的，一阵心酸随之而来。

晚上，在周寒家人来到医院前的十几分钟，我悄然离开了医院，仍然没有留下只字片语，因为周寒他已不是我深深爱着的人了，而是纠缠我整整十年的恐怖魔鬼！

……

（四）

又是两个月整了，两个月以来我一直把自己封闭起来，我害怕回味过去，我的心里只有一个念头，忘记过去，忘记周寒，忘记所有！身心深受煎熬的我每天都躲在乡下租来的小房子里足不出户！

直到一天我打电话回家，姐姐告诉我母亲生病了，很想见我。

那一天，回到家中的我服侍好母亲睡下后，我便不知不觉步行到第一次和周寒见面那一个中学的后山。

还未到林子前面那条熟悉的小溪，我的眼睛便有些迫不及待地往林子里扫过去，潜意识里有一种渴望在涌动，说不清楚为了什么，但有一点我知道，就是不由自主渴望有一道身影，一道熟悉的身影出现在那里。人未到，心已经飞进林子里。

我不知道自己内心里是不是已经原谅了他，明明不去想他，而眼前却总是浮起他的影子，感觉到他就在前面的林子里，仿佛来这里是为了一个前世的约定。

当我的目光扫过林子时，没有发现我渴望的影子。但是，却发现有一缕缕飘动着的黄色的影子进入我的视线。那是什么？我的目光一刹那被那黄色的影子怔住了。

我仿佛被一种什么东西牵引着，脚下的步子不由加快了起来，往林子里走去。

进了林子，我看清楚了，我看到了近百棵树的枝条上，系着一条条长长细细的黄丝带，一阵风吹过，数以千计的黄丝带在风中翩翩飞舞，发出簌簌的声响，和着枝叶间的风声，在我听来，隐隐中竟有如泣如诉的悲切！

伫立在系满黄丝带的林里，任上下翻飞的丝带在我眼前晃动，我置身于一个丝带的海洋，似有一股柔情包围了我竟有些颤栗的身子，我内心那抹坚硬的思想被眼前的情景一点点地消融。

我不知道这是谁系的，但内心却是不由一动，想到周寒，会是他吗？

这时，一阵脚步声近了，在我的身后停下。

周寒？我想也没有想就转过身去。

然而映入我眼帘的，并不是我所期待的周寒，却是一个年轻的女学生。

女学生手上拿着一封信，怯生生地问道："您是小谷姐姐吗？"

我失望而又惊奇地看着她点了点头。

"周寒哥说你来的时候把这封信交给你。"女生把信递给我，接着说道，"我是周寒的妹妹，也是这个学校的学生，是周寒哥拜托每天放学的时候来这儿等你的，我已经等你半个多月了。"

我看着手中的信，不解。周寒他去哪里了，为什么他自己不来等我？为什么要写信？我抬头欲问个究竟，那女生已经走远了。

我展开信一看，是周寒的字迹：

"……

小谷，我的最爱！当你收到这封信时，我可能已经得到法律的制裁了，因为我已决定向公安机关自首，为着十年前我对你的伤害。

十年前的那一个晚上，是我父亲与现在后妈举行婚礼的时刻，为了反对他们的婚姻，我在婚礼上喝得酩酊大醉，并与一个成为社会小混混的同学去了你们学校。那一天，失去理智的我把对父亲的痛恨都发泄到了你的身上，以至于对你做了那件永远无法弥补伤害的事。

在过去的十年里，我经常来到这个林子里，在无人的时候，我曾经用树枝痛打自己，也曾在那块光洁的石头上下跪忏悔，但是却也无法减轻当初留下的罪恶，十年来我一直背着一个沉重的自责包袱，不能自安。

遇见你后，我心中更是自责万分。我爱你！所以我想用一辈子来赎罪，但是却得不到你的原谅，我不知道怎么办才好？

那天出院后，我还是遍寻不到你的踪影，我知道你还在逃避、责怪我。于是，在遍寻不到你的一个月后，我在这个林子的树枝上系上了三千六百五十条黄丝带。你知道吗？每一条黄丝带都代表着十年来我对你的无限羞愧、懊悔，也代表着分开这段日子以来对你的无边无尽的思念和等待！

不管我现在所做的一切能不能得到你的原谅，你永远是我内心最最重要的人！如果时光能够倒流，回到从前那一段美好的日子里，我甘愿付出一切的代价，包括生命！只求你能走出往日我对你所造成的伤害，只求你能从此开心，快乐！

小谷，我走了！我爱你……"

看完信后，我已经泪流满面，我紧紧地握着那张薄薄的信纸，在飞扬的黄色波涛中久久站立。随着一阵阵风从我脸上掠过，我感觉到我对周寒的痛恨已经渐渐消失，取而代之的是一种很深很深的思念。我张开双臂对着漫山遍野的黄丝带无声呐喊："周寒，我会等你回来的！当你回来的时候，我也会在这个林子里系满黄丝带迎接你！迎接久别归来的爱人！"

穷酸司机眼中的四滴泪水

我喜欢洪荷这样的性格，不论自己处在什么样的位置，她看人的眼光总是那么的柔和，她在对待自己爱情的时候也是那样的执着。一个自认为自己很穷酸的司机，面对那么优秀高贵的女孩，他始终都不提爱字，可就算他不敢提，爱情还是来了……

（一）

窈窕淑女，君子好逑。当洪荷蹬着高跟鞋从我身边走过时，我刚探出身子准备下车。美丽而妖娆的女孩总是吸引男人的目光，那一刻我竟忘记低头，脑袋便结结实实地撞在了车门上，晕头转向后，气急败坏的我就在心中立下一个誓言：哼！洪小妖，如果不把你泡到手，我这个头岂不是白撞了！然后我眼睁睁地看着自己在她那嫣然一笑中魂飞魄散。

洪荷是**我们**公司老总的千金，大学毕业回家后，闲着没事便会在我们公司里瞎逛。我经常坐在老总的奔驰车上用后视镜偷偷地注意她，心里想到：如果能把这个美人弄到手，那以后的日子有多滋润……

想着想着眼中便有了一滴泪水，因为自己的异想天开和穷酸落魄。

总在这时候老总已经神不知鬼不觉地坐在了后座上，他用那肥胖的手指狠狠地戳了一下我的后脑壳说："你小子再神经兮兮的，我就开除你。"我擦了擦嘴角的口水，装着恭恭敬敬的样子将车子发动。

其实我还有一个藕断丝连的女朋友，她叫小婷，初中我们就开始谈恋爱了，为了讨她欢心，高中毕业后，我开始没日没夜地赚钱，给她买化妆品、买时装。为了让她生活得更好，我经常馒头配白开水，不抽烟、不喝酒。这样的生活有时会让我觉得自己愧对男人的称谓。

我可以发誓自己曾经真心真意地爱着她，但，她却嫌我没有钱、没有小车、没有别墅。终于有一天，她傍上了一个六十岁的大款。我不让她走，她却撇撇嘴说："可以呀，除非你立刻变成一个千万富翁。"我心一冷把头扭了过去，说："你还是走吧！"

虽然这样，她还是经常回来找我，她说那个六十岁的老头在那方面显得力不从心，从来没有将她喂饱过，所以她还是需要我的。在她说"我爱你"的时候，我肆意地蹂躏着她，当快感渗透背脊的时候，却没有了爱情的滋味。

洪荷回来后，每天晚上我们便能看到一辆宝马车停在公司门口。知情的人告诉我，那是洪荷的男朋友，刚从美国留学回来，英语过了十几级，他们本来就是青梅竹马，现在更是男才女貌、门当户对。

那个时候，我就有意无意地从那辆车旁边经过，我看到一个戴着墨镜，嘴里嚼着口香糖，穿得花里胡哨的男生随着音乐在那里摇头晃脑，这时我的心里掠过一阵悲哀，我心想真是一朵鲜花插在牛粪上，又想洪荷原来喜欢这种德行的男生！

一天晚上睡到半夜，我的手机突然急促地响起：老总告诉我去夜总会载洪荷回家。我一听立刻来了精神，将奔驰开到了200公里的时速，立马赶到。

在夜总会门口，我看到了哭得如落花流水般的小美人。我将车停在了她的面前，她气呼呼地打开车门，将自己塞到了后座上。我偷偷地用眼瞄了一下观后镜中她梨花带雨的样子，真撩人啊！

当车子经过大桥时，洪荷说想下来吹吹风。当她走到桥的护栏边上时，十岁游泳技术就一流的我在心中狰狞地笑道：跳吧，跳吧，这样我就可以英雄救美了。

可是，她只站在桥头上看了一会儿，说，回家吧。我叹了口气想，没戏了，心中有一种捶胸顿足的冲动。

回到公司后，我隐隐约约地听说洪荷把那个会十几级英语的男友甩了，原来那天晚上她的男朋友和其他的女孩在舞池拥吻的时候，被她逮着了，于是，就有了我去接她的那一幕。

小婷最后一次来宿舍找我。她说，老头要搬到深圳去，以后不能见面了。她攀在我身上，将嘴凑了上来，一边解我扣子一边问我想不想要。我厌恶地别过头，但是，手却粗鲁地扯下她的裙子。我知道我只是在泄愤而已，因为从头到尾我的眼睛都是清醒地张开着。

洪荷终于到公司里面上班了，因为老总心脏病突发进了医院。于是，我的任务由总经理司机变成了总经理千金司机。虽然老总觉得我有时候神经兮兮的，但我的驾驶技术还算一流，三年里，我开的车连刮伤都没有过，而且我长得高大健壮、身手又不错，像极了电影里英俊冷酷的保镖。

不过，老总严厉地警告我，千万不要有什么歪主意，否则我会比借高利贷还惨。

（二）

每次开车载洪荷的时候，我总是默默无声，她说到哪我就到哪。虽然我知道自己仰慕千金小姐得要死，但我知道那只是一种庸俗的冲动，就像小婷，我知道当我是千万富翁的时候她或许会实心实意地爱我，但是，我也知道我贫穷落魄的时候她会离我远去。

洪荷要去北京参加一个会展，那一天，我载着她往机场的方向开去，在一个路口的时候突然一个老人骑着自行车往我冲来，我一边鸣着喇叭，一边踩下刹车。幸好我开车的技术真的一流，我在离那个老人的几米处把车停了下来，那个老人却被眼前的情景吓得摔倒在地。

"等我一下！"洪荷在后座上说道，然后开了车门走了下来。我看着她把地上的老人和自行车都扶了起来，然后还替他扫身上的灰尘。摇下车窗时我听到洪荷说："老人家，我陪你去医院吧。"当老人摆手的时候，我看到她硬把一张百元大钞塞到了对方的手里，那一刻我的心中涌起了一种酸酸的感觉，却仍然不敢有爱情的味道。

但，每天我看着这样一个娇小的女孩为庞大公司忙得溃不成形时，我的心中便会有一种想要呵护她的冲动。

　　我只有在她出入公众拥挤场合的时候，默默地走在前面为她开路；在她与想入非非的客户洽谈业务时，紧紧地跟在她的身边，迫使那些伪君子暗暗地将口水吞到肚里去；在她头疼脑热的时候，为她买药送水。

　　那一天，我载她去女友家聚会，她那个风情万种的女友对我说："帅哥司机，过来陪我喝一杯吧？"我摇了摇头面无表情地说："我不做工作以外的事。"在她快下不了台时，洪荷摇晃着酒杯过来了，她说："让我陪你喝吧，待会儿他还要开车的。"我看着她俏红的脸，恨恨地骂了自己一声：窝囊废！

　　洪荷喝了不少酒，当我把她扶到车厢的后座上时，却被她紧紧搂住了。她说她好累，想在我的怀里歇歇。她又说她热，便抬手解开自己衬衣的扣子。我隐隐地看到她裸露白嫩的双峰，挑逗极了，我吞了吞口水几次将心中的欲火硬生生地强压下去。

　　趁着她熟睡的时候，我将她的扣子扣好，然后从奔驰车后座的冰箱里拿了一瓶冰镇的矿泉水，一半喝下去，一半把它淋在自己的头上，再狠狠地痛骂自己有色心却没色胆。

　　十月里我与洪荷在离公司近千里的地方刚谈完公事时，老板娘打来电话说老总病情突然加重，叫我们马上回家。深夜十二点，我开着车抄近路发了狂似的往回赶，在一个阴暗的路段时，一棵树干却横在了路中。

我看看了黑咕隆咚的四周严肃地对她说："不要下车，否则你会没命！"在我开始搬动树干的时候，突然两个黑影窜了出来。

我将其中一个人死死压在身下，另一个人却趁机上前用手卡住我的脖子，就在我感觉到生命开始游离的关键时刻，眼前的人却慢慢地向后倒，然后，我看到洪荷张大眼睛惊恐地站在我面前，她手里的千斤顶"砰"地落在地上。

在车上她拿着药水、纱布很近很近地替我止血，我闻到了她身上淡淡的茉莉花香，那种平静而又舒适的香味一直渗透一直渗透，直到我的心底。这时我的一滴眼泪滴落在她的手心里，当她大大的眼睛定格在我脸上时，我咧着嘴说："啊！轻点！好痛！"

有一天，当我开着车与洪荷外出时，她突然对我说："穷酸小子，我好像爱上你了。"我一个急刹车问道："什么时候？"她说："在你用冰镇矿泉水洗头时。"那时她似水的眼神里好像有鱼在游。"

从此，本来坐后座的她，坐到了我旁边的副驾驶位上。

几天后，我载老板娘出去时，看到她指着路边一棵树恶狠狠骂道："癞蛤蟆想吃天鹅肉——门儿都没有，也不拿镜子照照自己的德行。"

我别过脸去，心中鄙夷地笑着，有几个臭钱有什么了不起的！有几个臭钱就可以说别人是癞蛤蟆了？

十二月，送洪荷到她家门口，洪荷对我说："有空我们去海边走走吧！"我说："海风太咸，我不喜欢那种味道。"她说："不然去爬山吧。"我又说："山路崎岖，我没那份闲情。"然后，我看到洪荷的泪水从我黑黑亮亮的皮鞋上滑落。

洪荷说："穷小子，我真的爱上你了。"

我说："我没有大奔，也没有宝马，我不敢爱你。"

孬种！洪荷留下两个字捂着脸跑了。

我想喊住她，却没有出声，但我却感觉二楼阳台上老板娘投来鄙视冷冷的眼光。

洪荷出差后，老板娘拿出一沓钞票对我说："你被公司炒鱿鱼了。"

我抽出几张属于自己的钞票，然后拿起行李走人了。当我的脚步跨出公司大门时，我想起洪荷骂我孬种时的情景，一颗泪珠滴了下来。

（三）

一年里，我在一个名不见经传的小公司里面做起了货车司机，因为洪荷说我像孬种，所以我拼命地作践自己，除了开车我还要负责搬货和结账；除了吃饭，我还会经常大口地抽烟和喝得酩酊大醉。

在那样的日子里，我越来越觉得自己像只癞蛤蟆，因为我越来越想念洪荷。

突然有一天，老板告诉我公司新来了一个同事，当他介绍她时，我张大嘴地发现，是洪荷。但她只是款款地站在我的面前，微微地笑着，然后就把泪水渗进我的袜子里。

晚上在街上大排档吃东西时，洪荷告诉我：如果富有是一种罪过，那么她现在愿意放掉这一种罪过，与我平淡地生活。

她又说："我不会和你去海边玩，也不会和你去爬山，只要你开车的时候我就坐在你的旁边，这样的机会能给我吗？"

我看着穿着平跟鞋和普通 T 恤土土俗俗的她，眼中泪水开始聚集在一起，心中最后一道防线轰然倒塌，我知道拥有太强的自尊心和放弃才是一种罪过。

其实我早就知道，真爱与贫富是没有关系的。只是，当初我为什么没有勇气留下来争取爱情呢？

　　我说："现在爱你还来得及吗？"她吸了吸鼻子说："你说来得及就来得及！"

　　我紧紧地搂着眼前娇小瘦弱的人儿，又在心里立下一个誓言：不管是去海边，还是去爬山，或者是开车载她，这些机会我统统都要。

　　这时有一滴泪又从眼里涌了出来，但是我却让它流进了心底。

等待爱情的妖精

（一）

我喜欢上网，因为在网上我可以体验到人们口中所说的爱情。爱情是什么滋味？在我看来，爱情就是美貌与金钱的缩写，我憎恨爱情，却还一味赤裸裸地与人们在网上谈情说爱。

我承认我的思想很偏激，因为脸上那个巨大的伤疤。那一道道痕迹，从脸上一直往里渗透，一直渗透，直到我的心底。脸上的伤口慢慢愈合，但是内心的创口却一直扩大，因为，不时总有人喜欢去撕裂他们，包括我自以为真心爱上我的那个网友——木头。

木头吸引我的地方是他那愤世嫉俗的口气引起了我的共鸣，我想他的人生一定充满坎坷。

稻草人告诉我，十岁时，父亲为娶外面一个漂亮的女人便与母亲离了婚，继母时常毒打他，后来他就逃离了他们。现在，他成了有家不能回的人。他说，世上有一些东西只虚有外表，他憎恶那些表面上美丽的东西。

他那一句话深深地点到了我的心里，其实我也憎恨那些如小公主的漂亮妞，因为她们与我脸上的伤痕总是那样的格格不入，每当我用冰冷如刀的眼光狠狠地扫过她们的俏脸蛋儿时，心中总会滋生一种无法形容的快感，虽然我知道自己是在自欺欺人。

我告诉稻草人，我也是一个受过命运折磨的女孩，我不敢面对身边所有的人，所以我选择逃避，我把自己关在家里，做一个冠冕堂皇的自由撰稿人。

聊着，聊着，我与他没有多长的时间就成了无话不谈的好朋友，我们一起笑看人间不平事，一起淡然所有的灾难，在我们的心里，所有美丽的东西都是丑陋的化身。

有一天，感到时机成熟时我就问他："你说，什么样的女孩才是真正的美丽？"

他说："在我的心里早已经没有了美丽的定义，如果真叫我说出什么叫美丽，那么，一个人能露出真实的性情，那么就是美丽，比如像你！"

我心中一喜，我想这世间果然有一种另类的爱情。经过三天三夜的思考，我答应和稻草人见面。

我定的地点是一个僻静无人的公园角落，虽然我可以保证他对我的感情是百分之二百的真心，但是，我还是害怕现实。

约定的时间到了，我看到一个穿得花里花俏，留着长发的男生朝我走来。我定了定神，抬起脸，挤出一个灿烂十足的笑脸。

"你是小妖吗？我是稻草人。"来人油腔滑调地说道。

我压制着心里一阵阵排斥，点点头。

"你想来点刺激的吗？"稻草人上前一欺身想要摸我的脸，被我一闪躲过，但我的手却被他给抓住，情急之下我抓住他的手狠狠地咬了一口，被咬疼的他顺手甩给我一个耳光，一个趔趄后我重重摔倒在地。

"一个丑八怪还敢出来撒野！"来人丢下了一句比砒霜更为毒辣的话，头也不回，走了。我看着他渐渐远去的背影，再也使不出一点泼辣劲。

夜幕降临后，我带着肿得老高的脸和浑身的伤痛从公园走了出来，路过拐弯的一个角落时，我看到一个在和男友约会的女孩指着我大叫："妖怪啊！"

我走到一个杂货店买了一打啤酒，独自一个人坐在河边喝到天亮。

（二）

我从电脑桌的抽屉里取出一支烟点了起来，在薄薄的烟雾里，我的右手在键盘上飞快地移动着，我把网名改成了白骨精，没变的还是那个 QQ 号。

五年来，我的家庭住址变了，电话号码变了，唯一没有变的就是这个 QQ 号码，我不知道为什么我不换 QQ 号。我的网名原来叫一棵树，本来，我要像一棵树一样等待着我生命中的爱情。但是，这棵树经历风霜雪雨后，终于枯萎而亡。于是，我的网名从一棵树到了兔子，从兔子变成水蛇，现在是小妖做了白骨精。

现在与我脸上那块疤痕留在我内心深处的还有一个人的名字，他叫林深。

林深是和我青梅竹马一起长大的。小时候我父母都不在了，是奶奶捡垃圾把我拉扯大的。当时他们家很富有，但他的父母很势利。林深经常把家中好吃的偷偷拿给我，为此，也曾遭到父母的打骂。

林深小的时候很喜欢打架，也经常为我打架，有许多次他身上的伤口，都是我用酒精给他消毒的。

从小时候开始，我们在彼此之间便滋生了一种剪不断、理还乱的情愫，直到我们考上同一所大学时，我们才发现原来这种情愫叫爱情。

我记得在那个时候，林深总是默默无闻地关心着我。下课后，身边总有他悄悄相送的身影。他不像别的同学只会送玫瑰花和巧克力，也不像那些校外的公子哥老约我去酒吧和咖啡厅。他说，娇小瘦弱的我已经有太多的不幸了，他要用自己的身体为我挡住一生的风雨。

我与他就这样相恋着，他说无论何时何地他都会一直爱着我，在我身边。每当我说不信的时候，他只会微微地笑着摸我的头说，以后你会知道的。

每次与他上街吃大排档，漫步在公园小溪旁，我就知道生活就是那样的真实而又幸福。

大学毕业后，我与林深分别找到了一份比较适合的工作。我们在那个城市里租了一套房子，筑起了属于我们两个人的小爱巢。然而迎面而来的一场大火，却将我们刚刚开始的幸福烧毁了。

我记得那是一个寒冬的夜晚，那一天，为了庆祝我生日的到来，林深喝了不少的酒。半夜时，我们的那幢公寓突然着火了。当我被烟呛醒的时候，周围火势汹汹。我推喊着林深，他

已经醉得不省人事，根本就没有半点反应。我用湿了的棉被包着他，把他拖出门口时，燃烧着的衣柜随势而落，我一下扑挡在林深身上后，眼前一片黑暗……

在医院醒来时，从护士那儿我得知林深通过抢救已经脱离了危险，同时，我看到了自己如妖怪一般的脸颊和似火焚烧的背。当时，我只有一个念头，就是"死"！我对自己失望极了，我怕自己的丑陋，怕林深看到我的模样。我未留只字片语，悄悄地办了离院手续，也悄悄离开了林深。

几次寻死未成后，我开始唾弃自己的生命，自卑自弃地面对人生，这其中也包括永远不和林深联系。我心若死灰，对自己完全没有了期待与向往。

五年了，林深在哪呢？他会是什么样子呢？他会记得我吗？这些问题，我总是在夜深人静，不能入眠的时候才让自己想起。我知道在我内心里有一种渴望见他的冲动，但是，我也知道自己已经不是当年娇小可人的女孩了。所以，我应继续离开他，越远越好。

我总喜欢在深夜的时候像蛇一样地游荡在网上，当寂寞空虚像恶魔一样地纠缠着我，我便把自己载进那分不清人鬼的聊天室里，毫无痛觉地与那些只做不爱的人胡来乱侃。我经常在他们被自己弄得神志不清，自以为钓上美女的时候，悄然而退。看到一个个情圣被我狠狠地撂一边时，我在心里开始歇斯底里地狂笑。

有一天，我突然心血来潮地选在白天上网，一般这个时候我都在睡觉。

"妖怪的心中有没有爱情呢？"一个叫"等待"的家伙对我的网名开始有兴趣了。

"就算有爱情，那么他（她）的爱情也是丑陋的。"我冷冷地回答。

"或许是人们不了解她的内心吧！了解后她就不会说爱情是丑陋的了。"对方感慨万分，好像有什么心事似的。

"……"这种人我见得多了，不过是无病呻吟罢了。

"正所谓相由心生、境由心变，我想一种事物的美与丑应该与一个人的内心有关。"对方接着说，"如果我喜欢上一个女孩，不是因为她漂亮或者有钱，是因为她就是她，谁都无法替代。"

对方说了那么多的人话，我有点茫然了，曾被埋在内心最最深处的柔情被轻轻触动了一下。

这时，我想到了林深，我记得林深以前也曾对我说过这样的话。但，过去的东西不会再来。

在网上我告诉那一个叫"等待"的人："你的网名叫等待，或许是因为你有所等待。现实生活中我不敢等待，因为我的等待没有尽头。"

"等待不是没有尽头，因为机会掌握在自己的手中，如果一个人连自己要等待的东西都无法面对的话，那么他和那些没有生命的人有什么区别！"

对方好像知道我的心思，我在想他一定不会是以前所认识的网友，因为那些网友只会说一些好听的话来迷惑我，让我一步步走向极端。

看着他接连而来的信息，我开始手足无措了，我感觉到一束束强烈的光线直射我内心最阴暗的角落。

两个月过去了，那个叫"等待"的人，每天总发着一些好像挺有道理的话给我，我总是默默地接收着，极少给他回复。

虽然这样，他却好像知道我不太讨厌他。

有一天，他突然对我说道："你是不是害怕面对你身边的每一个人，特别是想要和你亲近的人。"

我愕然却没有否认。

于是，我慢慢地把自己这些年的遭遇，包括一些深藏在内心的东西透露给他。甚至我还告诉他为了大学时期的恋人到现在我仍孤身一人，而现在只有他才能唤起我重新面对生活的决心。我想见他，但，我却没有勇气去寻找他，因为那些曾经对自己于心于身的摧残。

不知不觉里与"等待"的谈话已经成为我日常生活中一些必要的东西，有的时候没有看见 QQ 上那个亮亮的人头像，我的心里便像丢失了一些什么似的。

虽然我们只是网友，但是我却感觉与他似曾相识，有一种说不清的味道滋生在我的脑海中，我极力想要与我身边的人连接起来，却找不到突破口。

（三）

情人节快到了，"等待"对我说他们公司要举行一个假面舞会，问我要不要参加。我的心中一动，我知道自己很久很久没有到人群当中去了。

他询问我的地址说要用特快专递给我寄一张好看的面具，我没有拒绝。

情人节前夕的一天，我果然收到了"等待"给我寄来的面具，我打开一看，是一张白雪公主的面具。

情人节里，我将满头长发放落，戴上大大的墨镜，拿着"等待"给我的面具出门了。

在与他相约在公司布置成舞会的大展厅里，我如期而至。戴上面具我有了少许的自信，我摇晃着婀娜多姿的身体穿梭于人群之中。我在寻找那个叫"等待"的人的身影，我是为他来的，不是吗？

悠扬舞曲声响起时，一个身材高大戴着"白马王子"面具的男生朝我走来，他伸出手优雅地请我与他共舞，当我的双手被他轻轻握起，一种似曾相识的温暖涌入心头。

就这样我与他倘佯在忽明忽灭的舞池里，附和着他轻盈飞舞的身体，我感到自己仿佛柔若无骨。曾几何时，我也与自己心仪的对象，这样相扶相随、尽情开怀。只是往日如风，物是人非！

把自己封闭起来那么久了，从来没有像今天如此畅快过，在身体欢快地旋转时，我终于想起，以前我也曾在舞池中独领风骚。

就这样，仿佛有一种天生的默契跟随着我们，音乐一曲又换过一曲，我们忘乎所以。

当灯火通明，所有的人都回座时，我的手却被那个"白马王子"紧紧捏住，在众人诧异的目光中，我被他拖到了大厅的中央。

我放低自己的脸，仿佛那刺眼的灯光随时会穿过这薄薄的面具，让我丑陋的脸面裸露在外。我不知道发生了什么事，我只是害怕他会突然摘下我的面具，然后自己在众人的嘲笑声中消失。我的身子开始摇晃着，不知所措。

"今天是情人节，我非常感谢公司的老总能举办这样一个宴会。借此机会，我想向我面前的这位女孩求婚，希望大家做个见证人。"对方的声音如此熟悉，还没来得及细想，他已经将面具摘了下来。

"林深！"当我看清对方的样子，我的呼吸开始紧促，我想逃离，腰却被他突然紧紧箍住了。我抬起眸子深深地打量着眼前这个让我魂牵梦绕的男人。是的，他成熟了，白皙俊朗的脸上，还是那对漂亮的眼睛，明亮，像细碎的星子在闪。

"如果那天没有你的话，或许我已经不在人世了，现在，你还愿意嫁给我吗？"林深不给我辩解的机会。

嫁给他，嫁给眼前这个高大英俊的男孩吗？如果在以前，在这样的时刻我一定雀跃万分，但是现在我有资格吗？

我抬起手来缓缓地摘下脸上面具，在嘘声四起中我用一种发抖、近乎绝望的声音说道："先看清我的样子吧！"

　　我将低垂的长发挽在耳后，仰起头时，我可以感觉到脸上的疤痕在隐隐作痛！当那一道道恐怖狰狞的疤痕附和着一些女孩的尖叫声，完全显示在众人的面前时，我感到千万把刀子在穿刺着我的心。我将眼睛紧闭着，我想很快他会被我的样子吓得逃之夭夭的，我也知道当我再睁开双眼的时候，所有的一切就只是一场噩梦。

　　……

　　"我早就知道了，以前我怕我突然出现会吓到你，所以我才等到现在……我对你还是和以前一样的情感，还是那样深深地爱着你，不曾改变……"听到这句话之后，我惊呆了，就在这个时候，随即我的整个人被拥入怀中，然后林深开始热烈地吻起我来，无声地、深情地，我瘫倒在他男性特有的气息里，竟连一点挣扎的力气都没有。

　　很久很久，空气似乎被冻结住了，当林深的脸从我的脸上离开时，我听到肃静的大厅里突然掌声四起，还夹着一些欢呼的声音。

　　"嫁给我，好吗？"林深的目光深情而又执着。我抬头望着他，泪水已经不知不觉模糊了我的双眼，那一刻我知道了谁是"等待"，知道了为什么五年后我的网络中会出现这样的一个人，更明白了林深是何等的用心良苦和对我的一往情深。

"林深……我……愿意！"我喜极而泣。

不知不觉地，我的手被轻轻托起，一颗璀璨明亮的戒指已经紧紧地套在了我的无名指上。那一刻我知道了什么叫感动，也知道幸福的泪水原来也是酸酸涩涩的。

"啊……"我一把上前紧紧地抱住了林深，依在他温暖有力的怀中，我第一次在众人面前号啕大哭，让眼中的泪水肆意地流着！

当掌声再次响起的时候，我知道我的第二次生命已经开始了。我也知道在任何时候，遭遇什么样的困难，千万都不要忘记留一份希望给自己等待。

身陷迷情后，欲罢不能的我将何去何从？

一段又一段的迷情让许多的家庭走向破碎，文雨原来是幸福的，可是她却又是贪婪的，放着宠爱自己的老公不要，偏偏要去寻找一份本不属于自己的婚外情。玩火者必然自焚，得到太多不属于自己的东西，一定会有太多的苦果，更会让你生不如死！

（一）

大学毕业后，我被郑州当地一家机械公司聘用了，这是一家实力雄厚，在本地具有很高知名度的企业。我在那里任总经理业务助理，负责公司对外款项的回拢及部分合同的洽谈与签订。

一位名叫张东（化名）的技术员在车间巡视时，眼睛被飞出来的铁屑刺伤了，由于事出紧急，正好在车间了解产品进度的我，急忙调动业务部的车辆送他上医院，所幸的是由于处理及时又没有伤到重要部位，所以只要做一个简单的手术就可以痊愈了。

一个月后的一天，张东来到了业务部找到了我，他说为了感谢那一天的事，下班后想请我吃饭。在他诚挚的目光中，我不由自主地答应了下来。

在本地成功大酒店的中餐厅里，我第一次看清了张东的样子。他有着一张俊朗清秀的脸，言行谈吐更是彬彬有礼，俨然是我心中白马王子的样子！在与他深邃的眼眸相接时，我的心房被一次又一次地撞击着。

"你在想什么？"他坏坏地问道。顿时，我感到脸上一阵火辣。在令人意乱情迷的对视中，我的手被他握在了掌心里，温暖而又舒适。

回到公司后，张东找我的次数开始多了起来。每次他的眼神都热得灼人，出于少女的矜持，我总压抑着内心的翻腾，不敢轻易开启这扇朦胧的情感之门。

8 月份，成绩优异的弟弟被国内一所著名大学录取了。得知消息的我又高兴又担忧，这几年家里为了让我们几个姐弟上学已经是负债累累了，而我又刚开始参加工作，手头上一分积蓄都没有，面对着迫在眉睫的近万元就学费用，我心急如焚！

一个星期过去了，心事重重的我在第二次赴张东约的时候被他看出了端倪，在他不停地追问下，我只好将自己的难处告诉了他。当时，他并没有说什么，只是轻轻捋了捋我的头发。

隔天刚下班时，张东就出现在我的面前。他默默地将手中的东西递给了过来，我接过来一看是一张农业银行的存折，上面有着近四万元的存款。"密码是212333，你快把钱取出来帮你弟弟交学费吧！"等我回过神来，他已经一溜烟不见了。

看着手中沉淀无比的情意，我泪流满面，心中最后一处情感防御荡然无存。

就这样，我与张东开始正式交往了。

一段时间的接触，我发觉张东完全没有闽南人的大男子主义，他温柔会体贴人，最主要的是他非常孝敬我的母亲，时常看望她老人家。当他知道我们家境困难时，每月便拿出自己的工资寄给我正在上学的妹妹。

在他那男性特有的关心与呵护里，我感到了从未有过的温馨与快乐！

可是正当我们感情急速发展的时候，却遭到了张东父母的强烈反对，原来他们早已经帮他选好了对象，那个女孩家境富有，并有着良好的海外关系，其他各方面条件都比我优越。于是，张东的家人不停地给他做思想工作，要他断绝与我的关系，与她交往。素有孝子之称的张东不忍顶撞双亲，每次都低着头没有吱声。

7月，张东的表哥要结婚，急需一笔费用。也就在那时，他的父亲知道他不仅与我继续来往着，还把所有的工资都花在我的身上，一下子气得心脏病突发进了医院。

9月的一天晚上，张东约我到第一次约会的那家中餐厅。他告诉我由于双亲的反对，所以决定和我分手。我一下子惊呆了！一年的交往，我已经将所有的情感投放到他的身上。现在，他是我生活的一部分，我不能没有他！

"不！不要这样！不要离开我！"我无力地哭泣着、哀求着。记忆中，这样的时候他应该想方设法的哄我、逗我，可他只是轻轻地摇了摇头说，如果再和我交往的话，有心脏病的父亲会受不了的。昏天暗地中，我依稀看见他狠心地离开，头也不回。他绝情的背影像一把刀子，在我的心里狠狠地划下了一道口子。痛楚！难以忘记！

那个晚上我生平第一次醉倒了，深夜两点多餐厅打烊的时候我被叫醒了，就在我拎着包摇晃晃地走回家中的路上，二个流氓截住了我。几分钟后身上的财物被洗劫一空，我看着因挣扎被撕破的套装，一阵惊悸随之而来。我无力地靠在墙上，再一次泪雨滂沱。

我恨这个晚上，更恨张东！

上班后，张东开始对我疏远了，有时候远远看见我他便会绕开。

几天之后的一个星期天下午，我路过一家饭店，穿过透明的落地窗，我看见张东和一个新潮亮丽的女孩面对面坐着，旁边双方的大人正热烈地交谈着。站在玻璃窗外，我死死地盯着里面的张东。终于，张东发现了我，但他只是匆匆地看了我一眼，随即便将眼光移向它处，没有理我。

此时的我有着一种快要昏倒的感觉，我听见自己缓慢而又沉重的心跳声，一下一下跳动在濒临死亡般的苍白边缘。

接二连三的打击中我终于病倒了！好友小芸见我病得这样重便给他打电话。可是，遍寻不到他的踪迹。我知道，他一定是在回避我。

半个月后，公司里传来了张东和那女孩准备结婚的消息。当时，我像是被抽了主心骨似的，整个人有着一种快要崩溃的感觉，绝望一波波席卷全身，在一次外出中我分几个药店买到了近百粒的安眠药。

晚上，回到家后，我将房门紧闭起来，然后拿起来电话，拨通了张东的手机。他的手机响了几声后便断了，再拨的时候却提示已经关机了。我按了免提键让电话自动追拨。

在一次次无情的电脑语音提示中，我不由得拿出了安眠药，绝望中，我决定带着对张东的痛恨离开人间。

当我醒来时，四周一片雪白，空气中弥漫着消毒药水的味道，我没死！我正躺在医院的特护病房里！

母亲不停地抽泣着，她老泪纵横道："没有了张东，我们可以重新开始呀！"我没有回答，只是用空洞的眼神望着前方，像一具空有躯壳的木乃伊，面如死灰！

下午，妹妹看护着我，而母亲却不知去向。

晚上十点多的时候，我看到了母亲与张东一起来到了医院，张东拉着我的手不断地流泪，他恳求我不要做傻事了，他说他会和我在一起的。我恍如坠入梦境里……

后来，我知道了，为了心爱的女儿，母亲去了张东的家中。或许是母性苦苦的哀求感动了他们，也或许是我扼杀自己生命的行为震惊了他们。

在母亲一声又一声的泣诉中，终于，他们妥协了。

于是，在那一场亲情与爱情的争夺战中我胜利了，一个月后，我如愿地与张东结婚了。

正如无数新婚夫妇一样，婚后，张东一直精心关爱着我，呵护着我，让我感觉十分幸福。但是在往后的婚姻生活中，那一段插曲，却在我的心灵深处烙下了一个挥抹不去的疤痕，这个疤痕时常像一张无形的网紧紧地挤压着我，使我无法真正投入我的爱，有时甚至还有报复、惩罚他的念头。

（二）

婚后没有多久，我便怀孕了，为了让自己得到更好的休息，我辞去工作，安心在家待产。张东也向公司提出辞职，并开始办起了自己的加工厂，我剖腹产生下现在的儿子团团，儿子聪明可爱，张东更把他当成掌上明珠、疼爱万分。

在家闲散无聊的我，为了消遣时间和便于在网上学习一些东西，便购置了一台全新的电脑，同时申请了宽带业务。我申请了一个 QQ 号，我的网名叫田园，在自我简介里我写入了这样一段话："秋天的田园到处弥漫着丰收的气息，那是一种怎样的收获和怎样的喜悦？我无法言喻，只想亲身尝试。"这句话的意思源于我的命运中有太重的挫折，现在我向往的是一种平实的生活，没有风雨、没有痛楚，就像秋季的田野里，到处是收获！到处是喜悦！许多人看到了这句话觉得挺有诗意，便开始和我交朋友。

然而正是这虚拟的网络，让我坠入了一场欲罢不能的婚外恋中。

晚上的一天，我刚打开 QQ 便有一个叫"稻草人"的网友要求我加他，他自己这样写道："我是城市中的一个稻草人，喧哗中没有了生命，世态炎凉的世界里没有了热情，只有冷眼旁观！"他那傲视冷漠的语气引起了我的兴趣。于是，我通过了他的认证，我们也开始聊了起来。

网上的稻草人见解独到，知识丰富，对于我的不断提问总有恰到好处的回答。于是，我对他逐渐产生了好感。渐渐的我知道了他叫郑宇（化名），河北人，今年 25 岁，比我小 5 岁，目前在经营一家食品公司，由于市场的冲击，公司的经营情况非常不理想，现在他的心情特别压抑，所以才有了简介中的那段话。他说我就像是一个尖牙俐齿的小魔女，咄咄逼人的语句经常弄得他手足无措。

听到这样的话我不禁哑然失笑。于是，我开始尝试开一些小玩笑，并鼓励他渡过人生的难关。

在谈话的过程中，他说他没有女朋友，因为在生活中找不到可以共鸣的人。他问我有没有男朋友？在那个时候，我想到了与张东结合的始末，我求张东的可怜情形与吃安眠药时的绝望历历在目，我要报复张东！所以，我向郑宇隐瞒了我已婚的事实，也没有将实际岁数告诉他。

郑宇告诉我，他的公司已经被迫关闭了，现在他对经商这条路非常的后怕，但又必须生活，所以，他想到郑州看看，并且找一份适合自己工作，希望我能够帮助他。听到这样的请求，我想也没有想就答应了他。

郑宇只身从河北来到了河南郑州，我去郑州新车站接他。在车站里我看到了真实的"稻草人"。他，身高 1 米 8 左右，结实健壮，是一个英俊潇洒的大男孩，但从他的眼底，若隐若现地写着某种落寞。

郑宇对我的样子并不感到诧异，他说到，我的模样一如他想象中的娇小清纯，没有任何的不妥，我正是他喜欢的那一种类型。

郑宇持有驾驶 B 证，所以，我帮他在本地一家较大的鞋业公司，找到了一份当司机的工作，因为他开的是近四十万的丰田嘉美车，又由于他是外地人，所以，身为本地人的我就做了他的担保人。

为了感谢我帮他找到了工作，并做他的担保人，郑宇总是在没有加班的时候请我喝咖啡。

那一天，我又一次被邀了出来，在半岛咖啡厅里，我们面对面地坐着，悠扬而又浪漫的萨克斯在空气中低低泣诉着。

郑宇没有说话只是用眼睛深深地看着我，突然，他从身后拿起了一朵玫瑰花举到我的面前说："送给你，喜欢吗？"我的心里"扑通"跳了一下，我想拒绝，但是，他的眼神是如此迷人，我的内心已经开始慌乱了，便不由自主地接了过来。我的勺子在咖啡杯里转着圈，避开他热切的目光，盯着这棕色的液体，恍然间，仿佛它们已滑入我的舌尖，有一丝苦，又隐约地带着某种香甜。他用手在我的鼻子上轻轻地刮了一下说："你这个小女人，你的样子真让人心动。"

这样的时刻，那样的曲调，真有一种煽情的味道。我内心的防御开始一点一点瓦解了，我发觉我开始喜欢上他了。

于是，在以后的日子里，我不断地收到郑宇给我送的礼物。素面朝天的我也开始薄施胭脂了，每次要和他见面，我的内心都激动万分。我不明白自己为什么变成这样？我不是和郑宇玩玩吗？我这是怎么了？

（三）

为了和郑宇有更多的时间和理由见面，我将儿子送到了托儿所，自己也在一家规模宏大的汽贸公司找到了一份行政主管的工作。

有一天，下班后刚好碰到郑宇开车从我身边经过，他邀请我到他在郑州温陵北路所租的套房坐坐，我好像知道了会发生什么，但是没有拒绝，我的眼前只是闪烁着我和张东婚前那一幕幕的情形，一种报复的快感涌上了心头。

在那个只有我们两个人的房间里，郑宇的举动变得更大胆了，他一把上前抱住了我，将两片湿湿软软的唇覆在了我的唇上，我张开嘴让他的舌头滑了进来，顿时一阵晕眩向我袭来，我努力的迎合着，但是，郑宇却显得笨拙而激动。

不！不！他还是个毫无经验的男孩，我不能毁了他，我用手拼命地推开他，但是唇却和他纠缠着，我的欲留还拒引起了他的亢奋，在我有意而又无意的引导下，他快速地进入了我的身体。……整个晚上我都在体会着他初为男人的羞涩。

那一夜，他的笨拙，让我感动。伏在他的胸前，我看见了自己的身体，一点也不美丽，胸部扁平，皮肤粗糙。腹部上那一道剖腹产的疤痕深深地记载着我为人妻、为人母的事实！

面对着他健壮结实的身体，我突然对郑宇产生了一种前所未有的羞愧。不公平，这对他不公平，他还是那样的年轻，我不能就这样毁了他！

终于，我将自己的已婚并有小孩的情况告诉了他，他看着我很久很久。然后，痛苦万分地说："来不及了！来不及了！我真的爱上你了！"

然后，他开口给我讲了一个故事：

"三年前，有位河北青年继承了父亲的事业，开始着手经营一家食品公司，但就在他接手没有多久后，由于受市场因素的冲击，公司的经营境况越来越不如人意，看着父辈留下的家当日益衰退时，青年人心情极其消沉。

"后来，他在网上认识了一位郑州女孩，她经常与他聊天，逗他开心，在她的支持与鼓励下，他开始对生活有了希望。终于有一天，他耐不住相思，决定千里追寻她。

"为了能够见到那女孩并留在她身边，他弃公司于不顾，骗她说自己的公司已经倒闭了。与女孩见面后，他更是无可救药地爱上了她！现在家中的公司已经摇摇欲坠，没有经营经验的堂弟已经支撑不了，并屡次打电话给他，但他还是坚决留在郑州。

　　"现在，那个男青年已经打消了回家的念头，并决定留下来在郑州发展，即使是加入打工行列，但只要能留在那个女孩身边，他便心满意足。"

　　听完故事后，我恍然大悟，却无言以对。我的心中有着一种酸酸楚楚的感觉，我知道我也动了真情。是啊！什么东西不好玩，非要玩弄爱情呢？这不是作茧自缚吗？

　　"我已习惯生命中有了你，无论如何我不会放弃你的！"良久，他迷离地望着我，脸上的肌肉有些许抽搐。我紧紧地抱着他，把脸埋在他的胸前，不知如何回答，更不知该如何面对那痛苦的目光。

　　国庆节到了，公司也放假三天。郑宇给我发手机短信约我去邻市植物园游玩，我想拒绝，却已经欲罢不能了。

　　那一天早上，我进洗手间时顺手将手机放在客厅的桌上，出时来发现手机好像被人动过了，因为时间已经到了，所以我没有细想就急匆匆地赴约了。

　　在远离郑州百里的植物园内，我想这里应该不会有相识的人了。所以，我们便大胆地以情侣的方式相拥而行。

　　走着，走着，突然郑宇的脚步停了下来，我仍埋在他的怀中撒娇。"你呀，发什么愣？"过了很久很久，空气好像凝固了似的，我才感到异常，于是抬头顺着郑宇直直的眼神望去。我的天啊！是张东！此时的他面色铁青、双眼如血，像一只随时都有可能发怒的狮子。我惊愕地望着他，不知所措。

"早上无意间看到你手机短信的时候，我一直以为自己看错了，没有想到……"张东气得嘴唇直打颤。

"……"

"一定是你这混蛋勾引我老婆！"张东盯着郑宇，声色俱厉！随即他一抡拳，正中郑宇右脸。再抡拳时我一欺身上前挡在了郑宇的面前，张东如雨点的拳头全落在了我的身上，等郑宇阻止张东时，躲闪不及的我脸上、身上已经伤痕累累。

摔倒在地的我被郑宇扶了起来，我用手抹去嘴角的血，缓缓地说："这都是拜你婚前所赐，当初如果不是你的绝情，我就不会吃下安眠药，不会有了现在对你深入骨髓的恨了。"几句冷冷的话如利箭般使张东的身体摇摇欲坠，一个踉跄险些摔倒。

"是我引诱他的！"我的话中蕴含着无比的深恶痛绝！

"啪"失去理智的张东气得扬手便给了我一个狠狠地耳光。一边的郑宇急了，上前一把扭住了张东，两人打了起来。我摇晃着站了起来，想要分开他们。打斗中，张东抬脚用力踹向郑宇，可是，由于用力过猛，却正中对面我的腹部。红了眼的张东力气大得吓人，我像一个布包似的飞出老远，一阵昏暗随之而来……

醒来时，我躺在医院的病床上，只有张东一个人守在我的身边。郑宇呢？他一定被张东赶走了！此时此刻我的眼中没有一滴泪水。

全身难忍的疼痛使我对自己婚姻的不忠没有一丝的羞惭，我鄙夷不屑地对张东说："我们的事你做一个了断吧！"现在，我要让张东尝尝被人抛弃的滋味，不同的是我要让他自己选择失去。

张东低垂着布满血丝的双眸，没有回答我的问题，只是将我的被子拉上了一点，这时我看到了他的左手青筋毕露，而右手呢？它正包着纱布。我想当时他一定生气极了，所以打人的时候也伤到了自己！

（四）

出院后的日子里，张东一改以往的温柔体贴，动不动就对我大发脾气，甚至动手打我，我却只是摆出一副任凭宰割的样子，或许是因为自己真的错了。但是，他一直没有提出离婚，只是他的神情开始恍惚了，像变了一个人似的，衣冠不整，胡子长了也不刮，整天魂不守舍的。有一次外出时，竟将三岁的儿子一个人丢在街上，自己回家。

一个星期天，我回到家中，正当我准备做晚饭的时候，张东不声不响地出现在我的背后，我一转身便被他吓了一跳，不满的我便皱了一下眉头，谁知，他竟然抬手便给我一个巴掌，说："不喜欢我，你可以去找那个小白脸呀！"我捂着脸想要避开，可是他竟咄咄逼人，他一把上前狠狠地抓住我的手，死命地往墙角上按，雨点般的拳头又落在我的身上，在剧烈的挣扎当中，墙上的一个相框掉了下来，正好砸在我的头上，顿时我满头满脸都是血。张东这才停止动粗，过了很久才帮我拿来消毒药水。

元旦那一天放假，我在家里打扫卫生。在整理抽屉时我发现了丈夫的日记，一阵好奇心驱使着我想知道里面的内容，我在想，那里面一定记载着当初他没有娶那个漂亮女孩的懊恼吧！

于是，我翻开它了。

然而，跌入眼帘的是重复而又潦草的字。离婚，不离婚，离婚，不离婚……整整有十页之多；再翻下去的几页又是重复而又潦草的字：原谅，不原谅，原谅，不原谅……看到那么多枯燥而又毫无生气的字时，我想这一定是他在痛苦与迷惘中苦苦挣扎时写下的吧？或许我的不忠对他来说确实是一个很重的打击。

在最后一页他这样写道：我累了，我想永远休息。但是，我舍不得离开小雨，舍不得离开我们的儿子！小雨，我爱你，我真的爱你！……

手里拿着这样的日记我犹然端坐在地。往日的回忆在脑海里不时闪现：有我生气时他扮小丑的样子，有饭桌上我不肯吃饭他哀求我的表情，更有我们一家三口在海边你追我跑的身影……

是呀，往日其实也有着这样的温馨，只是我被仇恨蒙蔽了双眼，没有看见。我闭上眼，泪水悄然滑落。

佛经上有这样的一句话："放下屠刀，立地成佛"，如果一个想要杀生的人在放下屠刀的那一刻他便能成为佛，那么，张东这么多年的照顾，都不能弥补当年他不能自已的选择吗？他有错吗？不！错的人是我。是我的不能释怀呀！这么多年了，他都放下了，所有的人都放下了，难道我就不能放下吗？

于是在接下来的日子里，我开始对郑宇不理不睬，言行极为冷淡。郑宇发了好几条短信过来，恳求我见他一面，考虑再三我只好前去赴约。

在街尾的玉茗香茶楼包厢里，我差一点认不出他了。他的双眼深深地陷了进去，头发凌乱，脸上一点血气都没有，憔悴的让人心疼。

"对不起！我们结束吧！"我咬了咬牙，痛下决心！然后，我将当初与张东结合的始末全盘托出。吸了口气，我冷冷地说："我根本不爱你！你只是我报复的工具而已！现在我的目的已经达到了，我不再需要你了，而且我与丈夫也和好如初了。"说完这些违心话的时候，我站了起来快步走出了茶楼。

这时天空已经下起了滂沱大雨，没有细想我就冲入了雨中截了一辆的士，恍惚中我听到郑宇在后面叫我，透过模糊的车窗，我看到他站在雨中，孤零零的一个人。泪水在这个时候悄然滑落，但是我仍然没有叫司机停下来⋯⋯

一天，我突然接到郑宇所在公司的电话，人事部的李小姐对我说，郑宇已经三天没有来上班了，也没有请假，有一些相关的东西也没有交代，他的手机也关机了，问我知道不知道他的住处。

我一听顿时着急起来，他不是个不负责任的人呀，难道他出了什么事？挂完电话后，我顾不得向行政副总请假，急忙驱车前往他的住处。

他的门紧锁者，但里面却似乎有动静。在叫门久久未开的情况下，我只好破门而入。

当我打开门时候，我却被眼前的情景惊呆了，满屋子的臭味，地上酒瓶报纸满地，而郑宇却躺在床上断断续续地叫着我的名字。我上前一摸额头，好烫，连忙拿出手机拨通了一个开诊所的医生朋友，让他立即赶来。

看着静静地躺在床上任凭医生摆布的郑宇，我的心掠过一阵疼痛，我知道他已经不知不觉地融入我的生活了，我不能没有他。在医生朋友的面前，我毫无忌讳地握着他滚烫的手，我想我已经不在乎有没有人知道他与我的关系，因为我对他有感情！

……

清醒后的郑宇说："因为淋了太多的雨，就生病了。又因为你不理我，生活便没有意义，所有不想治病而借酒消愁。"

"你以后不要再这样对我了好吗？你不要离开我好吗？"郑宇哽咽地哀求我。

"……，好，有时间我就过来陪你好吗？"面对着溃不成形的情人，我愁肠百结，却不能拒绝。

郑宇点点头。

虽然我与郑宇每周只是偷偷摸摸地见上一面，可还是被张东察觉到了。令人出乎意料的是张东这次竟没有对我动手，也没有骂我。

（五）

张东突然不见了，我遍寻他会去的地方，可是都没有找到他。这时，他魂不附体的样子开始浮现在我的眼前了，难道他出事了？我的心一沉再沉。我疯一样地在河岸与僻静的地方不断地搜寻着，还是没有！我绝望了。

这时候，我明白了，自己对张东还有着当初的依赖与情感，我还是一如既往地爱着他，只是在痛苦的回忆里，我迷失了自己。

五天后，张东远在浙江温州的朋友来电告诉我，张东在他们家住了好几天了，神情恍惚，问他什么事他也不说，他怕出事，要我赶紧接他回去。

挂掉电话的十几个小时后，我终于见到了张东，在看到骨瘦如柴的丈夫时，懊悔、伤心、羞惭全都涌上心头，我上前一

把紧紧抱着他，痛哭失声！

我哽咽地说："张东，我错了，我们回家好吗？"

张东目光散乱地看着我问道："小雨，你不要离开我好吗？"

"……嗯！"我用力点点头，泪如雨下。

我想该结束的都应该是结束的时候了，包括我与郑宇有违常理情感！

但我已铸成大错，现在我如何面对郑宇呢？我的思绪已经乱成一团了，可我还是硬着头皮约了郑宇，我想彻底解决这份感情。

星期天，他开车到约定的地点接我。刚坐上车闻到车内空气清新剂味道时，突然觉得一阵恶心，"哇"地一声把刚喝的牛奶全都吐了出来，整个人有一种快要虚脱的感觉。郑宇惊慌失措地看着脸色苍白的我，并执意地送我到医院检查。

车辆颠簸中，我突然想到一件事，就是我的月经已经两个多月没有来了，难道是……怀孕了吗？但是，我与张东已经好几个月没有同房了，那么就……我倒吸一口冷气，天啊！这种时刻，这样的事！我无力地靠坐在椅子上，一阵晕眩随之而来……

醒来的时候，我已经在郑州第一医院里面了，医生满脸笑容地告诉我说："这位太太，您已经有两个月的身孕了。"事情被确定后，我的思想一片空白，眼前只浮现着医生和郑宇的笑容。

……

回到郑宇的住处，我抚摸着尚未隆起的肚子问他："你说应该怎么办呢？"

郑宇想也没有想就说："这是我们爱情的结晶，他一定长得很可爱，我们把他生下来吧！"

"可是，我不能……"我话未说完，郑宇上前一把拥着我痛哭失声地说："家里的公司真的破产了，我现在穷得只剩下你和孩子了，求求你，把他留下来，好不好？求求你了……"说着说着竟向我下跪。

听完这一番话，我惊呆了。一阵黑暗之中，我险些摔倒，我靠着跪在地上的郑宇，身子慢慢下滑在地。天啊！怎么会这样？我的心中追悔莫及，郑宇今日的落魄与现在的局面，都是我一手造成的！

如果我离开张东的话，张东一定也会消极万分的，还有我那年幼的儿子，他会被人唾弃的。想到血浓于水的点点滴滴，

更想到儿子没有母亲照顾的情景,我的心也开始滴血了!但是肚里的孩子也是我骨肉,叫我亲手扼杀它,我于心不忍啊!如果我不离开张东的话,那么肚子的孩子和郑宇就……

手心是肉,手背也是肉,这时的我大脑一片空白。

……

时间一天又一天过了,过一段时间肚子就会开始起变化的。如今的我一边是张东近乎绝望的眼神,一边又是郑宇充满祈求、无助的哭诉,现在我的良心无时无刻不在谴责自己,我错得太离谱了,我到底应该如何是好呢?这种思绪折磨得我开始身心交瘁,我知道抛弃任何一方,都足以将我推向万劫不复的深渊中。

天啊!我已经知道错了,但是我到底应该怎么办?谁能告诉我呀?

等待下辈子的约定

听着梧桐的故事，我的心没有来由地疼了起来。是的，有些缘分来了，挡也挡不住，只是来得有点太迟了，来的有些让人心酸。我常常在想，如果换成我是梧桐我也会做出这样的决定，人世间有些婚姻不是因为爱情而存在的，它是因为其他某些感情而存在的……

（一）

我出生在著名的海上丝绸之路——泉州，小时候，受父亲的熏陶对诗词歌赋产生了浓厚的兴趣。10岁那一年，宠爱我的父亲彻夜未归。从此，我便踏上了苦难的历程，开始了人生的历练。终于，顽强的我以优异成绩完成了中文系的课程，顺利毕业了。毕业后进入一家外资企业就职，由于表现良好，一年之后被提拔为人事部经理，同时也享受手机和套房等相应待遇。

有一天，我闲着无事的时候开启了手机短信功能，在其中录入了这样一句话："佛说：前世的一万次回眸，才换来今生的擦肩而过，你信吗？"然后我按下一个朋友的手机号码发送了过去，一会儿短信得到了回复，回复的短信这样写道："我说：我们前世只有五百次的回眸，因为我们连擦肩而过的机会都没有！"怎么回复怪怪的，我一看号码前面的十位数很熟，后面的"3"怎么变成"2"？噢，原来是我把号码按错了，怪不得一万次的回眸只剩下五百次了。不过我看完短信后的确让他（她）的幽默给逗乐了，不禁对此人增加了好感。于是我连忙用手机发送好几个对不起和一些道歉的语句，对方很快有了回复，他（她）说道："这就是缘分吧！"他还说他叫王磊，希望可以和我交一个朋友。最后他还说道："缘分来了，挡也挡不住，你说对吗？"我不禁又一次给逗乐了。

什么叫缘分呢？对于世上许多美好的事情我从不敢奢望，更不敢想象命运会对我垂青。10岁那一年，父亲的未归，不是他不想归，而是不能归。我们次日傍晚在一座残桥水中找到了他。当时他已经被泡得全身发肿，身上处处伤痕，那睁开的双眼，挥散不去的是对人世的眷恋和种种牵挂，他不甘心呀！而那一幕幕触目惊心、深入心肺的痛我永远也无法忘却。我渴望幸福，又怕失去幸福。

父亲的离去也带走了家庭的平稳和安定，我们从此过着食不果腹相依为命的日子。望着我们五个正在成长的孩子，母亲几次要寻短见，都在我们号啕大哭中断了念头。迫于无奈，在我14岁那年，母亲给身为长女的我订了一门娃娃亲，对方同意支持我完成学业，原本支离破碎的家庭才得以保全。……现在虽然我们尚未完婚，但是我和我的未婚夫之间所剩下的，也只有一场婚宴和一张结婚证而已。对于未婚夫那一个老实憨厚的人，我只有无穷无尽的感激。"滴水之恩，当涌泉相报。"我一直很平淡地看待这件事情。两个人的结合，是必然的结果，我从无异心，更无奢望。同时也让我失去了对相信人世间的美好和所谓的缘分的向往。

王磊说了所谓"缘分"可以理解成为"缘自天定，分在人为"。我总觉得这一句话透着某种玄机，但也总是猜不透他话中的意思。对于与他的偶然相遇，我完全不当一回事，不就发错一个短信吗？有什么了不起的。几天后因为通讯公司又推出更为实惠的手机卡，我供职的公司也更换了我的手机号码，我就没有再联系他了。

日子一天天过了，我还是整天在公司处理一大堆的人事公

务，有时也回家看看所谓的未婚夫。当对方提起操办婚礼的事
我总是心不在焉，提不起一点点热情，我感觉我好像一只待宰
的羔羊。不是吗？这毕竟是十几年前就已经定好的事，对于所
谓的爱情我更是不知其味，不像人们说的那样肠断寸断、欲生
欲死。无奈！无聊！我嗤之以鼻。

有一天，我在电脑上用 QQ 跟人家聊天，一位陷于感情
漩涡，正处于痛苦之中的异性网友突然问我："什么叫缘分？"
这句话犹如在平静的湖水掷了一颗石子，让我心中顿起涟漪！
两个月前的那一个错发的短信不就是一个答案吗？于是我引用
了王磊的话对他说："缘分其实就是'缘自天定，分在人为'
的意思，希望你好自为之。"对方一阵沉默，然后感慨万分地
对我连连称谢，他说真是一语点醒梦中人，他会好好珍惜他的
那一段情缘的。正所谓的是"当局者迷，旁观者清"。如果我
自己处于感情危机时，我能说服自己吗？唉！我不知道！

这不经意的一件小事也勾起了我对他的思念，我忽然觉得
其实他离我好近好近。我有一种想要触摸他的感觉，我压抑着
心中的感动，又对他发出了一则短信，短信中写道："相识是
缘，分开也是缘吗？"他回复到："相识是缘，分开亦是缘，
只是缘开始变薄了。"并追问我是谁，我告诉他，我就是两个

月前错发短信的那一个女孩，我的名字叫梧桐，今年26岁。他跟我说："我今年也是26岁，是河北人，我的名字叫王磊，你记得吗？"他还说，最近因为环境不景气，他正在拍卖自己的一个加工厂，所以最近心情特不好，跟我聊天有一种释怀的感觉，有几天找不到我，心情就更是低落，他希望我能在他最失意的时候陪他说说话，因为他不想让身边的人看到他颓废的样子。

（二）

"失意"这个词对于我来说并不陌生，我比他更失意，我总觉得人生还有什么好期待？爱情或者是温暖的家庭，它们就像一个个挂在天上的月饼，只能看不能吃。这一现实时时刻刻摧残着我，我也需要朋友，一个可以向他诉说的朋友。

"同是天涯沦落人，相逢何必曾相识。"我们很快聊得很投机。有一天我突然收到他发过来的一则短信，他说道："我希望我们能有缘相遇，更能有幸相知，你对这一段突如其来的缘有什么样的看法呢？"看到这则短信，我彷徨了，我能有什么看法呢？十几年前就已经成定局的东西我可以改变吗？于是我便改动了一句佛经上的话，算是对他的回复："菩提并无树，明镜亦非台。心中已无处，不能惹尘埃。"这就是我感情方面的写照，心有空间但已堆满，只是堆满的东西与他无关。他收到这样的话很伤感，他说不管我现在的处境如何，在现实生活中无法找到真正的朋友，在虚拟的世界中能得到也是难能可贵的，他会珍惜的。他还说"缘自天定，分在人为"，难道忘了它的含义了吗？要振作不要向命运屈服。我深受感动，结识一个异性朋友或许对我已订的婚姻是没有影响的吧？应该不叫"红杏出墙"吧？我犹如抓住了一根救命草，死死不肯松手。于是找到借口的我更加肆无忌惮了。

有一次，克制不住对他思念的我，我终于拨通了早已熟悉千百遍的电话，如愿地听到了他的声音。他的声音如此年轻，正宗北方调，跟我想象中一模一样。我从来都不知道，原来他可以把一件很平淡的事情说得那么有趣味，那么深入人心。我的心弦不禁为他拨动了。我说道，没有想到你的声音这么好听，他笑了笑像一个溺爱的长者。我犹如一叶漂荡已久的小舟，经历了风雨后，静静地停靠在港湾，享受着暖暖的阳光，感到无比的舒适。他说："你呀，真是个傻蛋，把我想象得那么好。"傻蛋，好可爱的一个词！没想到竟是他对我的昵称。被他这样呼唤着，我竟然有一种甜蜜和心动的感觉，傻傻的、痴痴的，心里面乱乱的！

　　时间又很快过了三个月，在一个晴朗的早晨，我收到他发过来一首苏轼的诗，诗是这样写的："水光潋滟晴方好，山色空蒙雨亦奇。欲把西湖比西子，浓妆淡抹总相宜。"好美的一首诗，但是我却不明白王磊的意思，于是我不停追问。他说："你的声音也很好听呀！那么长得一定跟西子可以媲美了。"我再一次被他逗乐了。他还说，他听到我的笑声，不知道为什么有一种麻麻的感觉。什么是麻麻的感觉？我痴痴地想，或许我的甜蜜可以感染他吧，也或许我们的心意是相通的，所以才有麻麻的感觉了！其实我们一直想知道对方的样子。于是我就寄了几张照片给他，好让他可以"一睹芳容"，并在照片背面写了这样一句话："相由心生，境由心变，世间万物并无美丑，因为美丑自在人心，照片并不能代表什么，你把我当众生中的一员，那么我就不丑了。"他来信调侃道："如果我嫌你丑的话，不是证明我的内心很丑恶吗？真是个傻蛋。"

　　几个月来不断地通信，使我们不知不觉步入爱情的领域。如同玩火的我，终日惶惶，但是我始终不敢说明真相，我不想欺骗他，但是又不忍失去他，内心痛苦万分，在舍与取之间难做抉择。我痛恨命运，为什么人生总有取舍，为什么每一次的得失，总是出其不意，毫无商量。终于，我再次打通了他的电话，想以相隔遥远断却我们的关系，他凄然地说道："其实，世界上最遥远的距离不是生与死的隔离，不是天各一方，而是我就在你面前，你却不珍惜。"我心里一阵阵酸楚，再一次的怦然心动。

他的一言一语已经悄然进驻了我的心扉，无法驱散。我们的感情急速发展，使我忘了我还有一个未婚夫，忘了十几年未婚夫对我所有的恩惠和一身纠缠不清的人情债。

腊月很快到了，这正是许多人举行婚礼的时节，在收到对方送来的结婚戒指和一大堆清单时，我这才如梦初醒。书上说："你可以花一分钟认识一个人，花一小时了解他，花一天的时间爱上他，但是一旦真心爱上了，你就要花一生的时间去忘记他，直至喝上孟婆汤……"天啊，我后悔莫及，到底哪里才有孟婆汤呢？我无力地哭泣着，为自己"越轨"和情不自禁深深自责，"情到深处自难探，若知分离不相逢"，现在的我已经无力自拔了，我想或许我应该要开始"事在人为"的行动了，要为自己的幸福好好地作为一场了。

（三）

我找到了未婚夫，提出要解除婚约，谁知闻讯而来的人，根本就不给我解释的机会，或者说即使我解释了，也只当作水性杨花的行为，不足以为人感动。我差一点被口水淹没了，好几次险些昏倒在地，性情耿直的未婚夫，竟然无法忍受我的不专，一口气吃下了大量的安眠药送进医院……到这个时候我还能说什么呢，我的行动还没有开始萌芽就被折断了，我无声无息地独自流泪，为我自己的不幸，也为他们俩的不幸。

几天几夜，不眠不休的我被折磨摧残得心力交瘁，这期间我对王磊只能不闻不问。

有一天，我收到了他发过来这样一首词：

"未尝恩情情已散，

欲温前梦梦经残。

流水逝，空余怅，

燕辞巢，剩孤梁。

伯牙碎琴成绝唱，

琴断新弦难系上，

宁玉碎，抛将相，伴知音，甘断肠！"

他对我说道："你认为相隔遥远是问题吗？你认为富贵

悬殊是问题吗？你认为长相差异是问题吗？"我无言以对，只能流着泪在内心自己呐喊着："王磊啊！我知道，这一切都不是问题，但是问题在于我还有选择的权利吗？根本就没有！"那一个肝肠寸断的人儿！他哪里知道？肝肠寸断的人还有我呀！从来都没有遇到过这样的人，可以不用只字片语就可以感受到对方的心意，从来也没有遇到过这样的人，可以超越一切，畅所欲言。这就是爱情吗？我后悔当初我对爱情的论断，或许正是因为这样才惹怒了命运，让我为我的轻率，付出了惨痛的代价！

"未现真情情已散，

欲温前梦梦经残。

流水逝，空余怅，

燕辞巢，余孤梁。

莫教伯牙成绝唱

琴断新弦再系上，

真男儿，铸辉煌，成大业，方为上。

虚拟情已为患，休回首，莫难忘。"

我将那一首词改动了一下，又发送给王磊了，这就是别无选择的我对他的回复了……

　　婚期还是订了下来，再过一个星期，就是我们大"喜"的日子了。日子越近，我心便如针刺，一天比一天痛。终于我将实情告诉了王磊，知道实况的他更是痛苦不堪，早知如此，何必当初？但是他仍不放弃，他希望我要坚强，他说我们的感情可以感动上苍的。真是个傻瓜，不是吗？要是能改变的话，以前就早改变了。

　　一天晚上，我躺在床翻着一本叫《知音》的杂志，上面一篇叫《你的肩上有蝴蝶吗？》的文章深深地感动着我。书中是写一名妻子为换取爱人生命，而甘愿化作三年的蝴蝶。在三年的蝴蝶生涯中，她曾无数次停靠在爱人的肩上，目睹了丈夫苏醒后，遍寻不到她的踪迹而痛苦万分直至绝望，失意的他被看护的护士真情呵护所感动，最后他们终于相爱的经过。在她成为蝴蝶最后一天，他们举行了婚礼，这时候，她也即将化为人形，但是为了成全那一对相爱的人儿，她放弃了重新做人的机会，又默默无闻地重返大自然，做回了那只不曾引人注意的蝴蝶。文章的最后有这样一句话："有些失去是注定的，有些缘分是永远没有结果的，爱一个人不一定要拥有，但拥有一个人，你就一定要好好地爱他。"我被这名妻子的精神深深感动了，并明白了一个真理——爱不是占有。回想十几年来未婚夫对我的点点滴滴和这个家的和睦平安，良知难违啊！我想我应该在两者之间做一个抉择了。

婚前的一个晚上，我给公司写下了一封辞职信，流着泪在我最后一天拥有的手机上缓缓输入四个令人心碎的字"缘尽于此"给王磊发送过去。然后我关上手机，平静地躺在床上，等待黎明的到来。

当晨曦的第一缕阳光照射在我身上的时候，我默默地许下了一个愿望：王磊，若真有缘，我将等待下辈子的轮回……

错误的"诅咒"

　　文勋，我又来到了我们第一次见面的火车站了。车站里人来人往很热闹，但是你却不在我的身边。拥挤的人群里，我要搜寻你的温存，却触摸不到你的双手。现在，我的心好痛！喧闹里，我倍感孤独，越是想你我就越寂寞。你走了，但是我却知道你不会离我太远！你说过，这一辈子，你要永远地保护着我，爱着我，不管你在哪里！

　　我带着你的爱，穿过我们往日的足迹，阵阵痛楚涌上心头。

（一）

　　那一年你在湖南当兵，而我远在千里之外的广州。

　　那一年我 25 岁，单位的同事害怕我嫁不出去，所以，变相地硬要给我介绍一个笔友，于是，我有了你的地址。

　　出于对军人的敬仰，我给你写了第一封信，信上我只是粗略地提到了我的大概情况和我写信的原因。我在信中写道，我喜欢当兵人身上的那股劲，实在，不做作。我对你说，我是农村出生的，我很喜欢走在田间小径上，享受稻穗金黄色的芬芳；更喜欢听秋蝉的鸣叫声，一声长又一声短的。我还说，对不起，我长得不漂亮，而且个子也不高。所以，希望你不要嫌弃我这个笔友。

几天之后，我得到了你的回信。你说，我的文字很朴实，有着老家乡野的味道，你很喜欢！你还说，艰苦的军营生活，快要让你忘记了女人的样子，现在你只能把我当成一个哥们。

然后，我收到了你的一张照片，照片上的你高大、健壮，着一身绿色的军装，风姿飒爽。我看着它，不知不觉地喜欢上你了。

于是，我们就这样写信，一封来一封去的。

那一年 10 月，我去湖南出差，回来时刚好要路过你参军的那一个城市。我对你说我想见你，那一天刚好是星期天，由于你平时在部队表现不错，再加上你的恳求，所以，领导批准了你三个小时的假，于是，你来到了火车站。

刚下车我就接到了你打来的电话，你说你已经在车站等我了。我说我怕认不出你。你告诉我你着便装，穿着黑裤子和黑皮鞋，然后电话就断了。我对着嘟嘟直响的手机大声地骂道：

"死木头，这么多黑裤子和黑皮鞋，哪一个是你呀？"

　　五分钟后，你却找到我了。老远的你就冲着我笑。我依稀记得当初的情形，你大步流星地向我走来，比我想象中的还要高大、英俊。你在笑的时候，我还不知道是你，我心中在想，这是谁呀？没事对我笑。像在梦里，你站在我面前，没有说任何的话，只是深深地看着我。我闻到你身上隐隐约约男人的气息，那一刻我醉了，我不敢直视你的眼睛。

　　你说，我的脸颊像熟透了的红苹果，美丽而又甜蜜，让人恨不得咬上一口。

　　我不解地问道："你又没有见过我怎么那么快认出我来？"你说："身无彩凤双飞翼，心有灵犀一点通呀！你的样子和我想象的一模一样，或许是上天早就已经注定好了的。"

　　就这样，我们在火车站旁的长椅上坐下了。

　　你说，你的战友问你如果你的父母和你最爱的人掉下水了，你会先救谁？

　　我反问道："那么你会先救谁？"

　　你说，你也不知道，都是生命，都是最爱的人！

　　望着你傻傻的样子，我笑了，最简单的问题也是最难以回答的!

我对你说:"笨蛋,当然先救你的父母。如果一个人连自己的父母都不爱,那么他还会爱谁呢?如果你的女朋友因为你先救你的父母而生气,或者先叫你救她,那么,她就配不上你,这种女朋友我们不要也罢。"

然后,你用一种痴痴的眼神看着我。你对我说,那个话题是你故意编造的,你想知道我说什么,也想知道我是什么样的一个人。

三个小时很快过去了,你要归队了,我也要坐火车回广州了。

火车徐徐开动了,我们俩恋恋不舍地摇手说再见,更把彼此的心带走了。

刚回到公司没有几天,我就收到了你的信。

在信中你写道,初见我的时候,我长得和别的女孩子一样,不算太漂亮,也不算太难看。但是与我的交往中,你知道我是一个知书达礼的女孩。是我的一番回答让你对我倾心,因为我是你认识的最最善良的女孩。你希望在今后的日子里,我能用这样的情感陪伴着你,鼓励你。

说好了要当哥们的,可是,最终我们超越了情感线。

就在我们鸿雁传书的两年后，你退伍了，回到了家乡浙江。

（二）

2003 年 4 月，全国人民都处在非典的恐慌中，身处疫区的我不时接到你的信件和电话，你一会儿叫我喝板蓝根，一会儿又叫我戴口罩，还叫我不要去上班了。我对你说，你自己关心自己吧，我没事，我会照顾好自己的。你又说，为了你，为了我们的将来，我一定不能有任何的闪失。我哭了，我说，文勋，现在我就只有一个希望，就是在有生之年再见你一面，然后让你拉着我的手。你也哭了，你说，你要见我，你现在就辞职来广州找我。

你态度很坚决，我没有办法阻止你。

2003 年 5 月，你只身一人来到了广州。

那一天，我去接你。在回公司公寓的路上，高高大大的你在面前走，娇小的我像个小孩似的跑着。突然间，你回头拿过我手中喝过的半瓶矿泉水，咕咕咕全喝完了。我蒙了！后来我知道了，你在前面远离着我，是怕自己万一在路上感染了非典会传染给我。你喝完了我的半瓶水是怕我感染了非典，万一被隔离就没有人陪我了。

身处疫区的我，怕感染了病毒会传染给你。所以，和你一直若即若离。第二天，你受不了，你对我说，如果我怕你的话就不会在这个时候来广州，如果你再这样我就回去了。我看着你问道："你害怕非典吗？"你说你害怕呀，在家里是每天消毒，每次都怀疑自己发烧了。站在各个场所体温仪面前都有一种快要崩溃的感觉，怕自己来不及见我。听完话的我只是看着你，没有说话，但是眼泪却流了下来。后来，我说："那么怕你还来广州，但是我也害怕，请你陪着我，好吗？"你点点头，你第一次离我很近很近地帮我擦眼泪。

为了照顾我你留在广州了，在那样的一个时期里。

我是个懒虫，自己的东西总是到处乱扔，整个房间乱七八糟的。但是，你看到了这个样子却总是乐哈哈地说，我是小公主，你是上天派来照顾我的贴身随从，我越是这样，你想照顾我的愿望就越强。

我说我喜欢喝汤，从未下过厨的你就买来一大堆食谱。于是，在很短的时间里，你学会做各式各样的汤，有炖的，有煮的。被你喂养着，我的体重直线猛增。你说你要把我养成小胖妹，以后我就是你的小猪了。

每一天清晨醒来的时候，耳朵旁总有你温柔的话语。你说，亲爱的小懒猪，快起床了。每次我都装着睡熟的样子，等你快离去的时候，就突然大叫一声。这时你总是捏着我的鼻子，假装生气地对我说，小猪，再闹就打你的屁股了。我就依在你的宽宽大大的怀中，嗲声嗲气地撒起了娇，你高举的双手没有落下，却轻轻地吻了一下我的脸颊。

每次我的身体要有一点不舒服的话，你就赶紧陪我上医院，又是打针又是吃药。而你自己的胃总是疼，你却从来没有看过医生，只是在疼得厉害时，自己随便买一点药来吃。我说你好几回了，你总是回答道："没事儿，我这么强壮，这点小毛病死不了的。"

有一天，同事来我的套房里找我，看到了像个保姆忙个不停的你。于是就调侃你："哥们虽然没有结婚，但也不用这么积极吧！"你"狠狠地瞪"了他一眼说："兄弟，我照顾我的女朋友，我疼我的女朋友关你什么事！"

有生以来，我第一次感受到这种男性特有的细腻。看着你在我面前晃来晃去的身影，一种从未感受到的幸福充满心房。

有一天，吃饭的时候，你忽然指着我手对我说，你妈手上也戴着这一个玉镯，只不过是以后要传给儿媳妇的，你说将来把它送给我好吗？

　　我抬起头来，一本正经地对你说道："我不要！"你还是把它送给你的女朋友吧！你抓住娇小的我，用双手把我举高高的。然后"恶狠狠地威胁"我：要不要？！我吓坏了，双脚在半空中乱舞，连忙说："要！要！送上门的便宜，不要白不要！"

　　我喜欢你营造的那种惊恐的欢乐，霸道却又甜蜜！

　　两个多月的时间里，广州的每条街道，每个公园里，几乎都留下了我们爱的足迹。

　　后来非典解除了，你也离开这儿，你说你要回去上班，为着我们的将来你要拼命地赚钱。但是，你却把你的心留在了这儿，因为这里有你爱的人和爱你的人。

　　……

　　文勋，你离开已经整整两个月了。最近，我总生病，又发烧，人好难受啊！整天头昏沉沉的，好几次恍惚中我看到你了，你像往日一样老远就对我笑，等我上前想要被你拥入怀中时你却不见，我拼命地喊啊！叫啊！哭啊！你还是不见了。

　　这个时候好想你能照顾我，好想你在我身边，好想你能陪我每一个日子。可是，文勋，我再也找不到你了！你为什么不要我呢？你知道吗？我好想你啊！我真的好想你啊！

（三）

一阵又一阵的越剧传入了我的耳里。文勋，这是你的乡声。听着熟悉的旋律，我的心仿佛被掏空般难受。你还记得吗？你对我说过，你的家乡在浙江一个美丽的小镇，那里山清水秀，是个有些名气的越剧之乡，家家户户的人都喜爱和能够演唱越剧。

那一天，你给我唱了一段越剧，是《梁祝》中的选段《十八相送》。你一下扮成梁山伯，一下子又演祝英台。沉浸在欢乐中的我，丝毫没有预料到我们没有梁祝的遭遇，却和梁祝有着同样的分离。

一天，我收到你的这样一封来信。信中，你说道：我个子太矮、长得又不够漂亮，我们俩外表差异太悬殊。你还说家中的父母说我是乡下的丫头配不上你们的书香门第……信中的每个字像刀子一样剜着我的心。

我不相信，不相信生死患难建立起来的真情，会被那些世俗的思想轻易地控制。

于是，我第一次只身来到了离家很远很远的地方——浙江。在汽车站里，你拥着清秀美丽，像模特身材的女孩来接我。我觉得你们长得很像，好有夫妻相呀。我站在你们漂亮高高的个子面前，像一个被耍弄的小丑，滑稽、可笑！瘦弱文静的我不假思索抬手就甩了你一个耳光，哭着跑开了。"另结新欢"的你却追了上来，抓住我的手，很紧很紧。你哭了，你对我说，你曾经爱过我，但是，更爱你的父母，为了他们必须这样做。你还说，还记得那一个先救谁的故事吗？你说我能理解你的。

我不再哭了，我用异常冰冷的声音对你说："谢谢你以前的照顾，现在我只有祝福你们，再见！"你用一种很复杂的眼神看着我，是心疼呢？还是怜悯？我恨恨地看了你一眼，我发现你黑了，也瘦了好多，黑眼窝深深地下陷，整个人没有一点精神。

在平时我一定会心疼极了，但是此时此刻你的样子，谁会知道你为什么弄成这样呢？我心里想，或许是你玩得太累而引起的吧！这时，旁边你的"女朋友"似乎很不安地看着我，她这样抢走别人的男朋友，或许心里也有一点过意不去吧！

那时的我被偏激、自私控制住了，忘记了这里面的破绽百出。我挣脱你的双手，狂奔而去，将你和你的"女朋友"丢在车站里。

回到广州以后，我越想越不对，我见过你的父母，他们不会是你说的那种人，所以，我给你写信，给你打电话，以各种方式联络你，可是最终得来的消息是你带着新交的女友，远走他乡了。

我开始绝望了，或许事实正如你所说的那样。从此，我在心中无数次地诅咒你，诅咒你这个现世的陈世美，我骂你，骂你没有好下场！我封闭了自己，将你所有的书信，所有的东西都用一把火烧了，我要你从此在我的记忆里永远消失。我在心中发誓，今生今世不要想起你，不再为你流一滴眼泪。

在没有你的日子里，我拼命地工作，拼命地喝酒，拼命地作贱自己。

（四）

一年以后，我认识了阿中，是我公司里面的业务部经理。那些日子有他默默无闻地陪着我，照顾我，陪我哭陪我笑。

我不相信男人，但是却不能拒绝他的柔情。他说如果我想哭的时候，肩膀随时可以给我靠。我依在他的怀里，却闻到了你身上的气味，我感觉到自己快要窒息了。

我在他面前哭的时候，我可以看到他脸上怜惜的样子。但是，他却像一个傻子一样，搂着一个自己爱着的人，而那个人心里却想着别人。

　　很多时候，我感觉到自己很残酷，不喜欢他却像紧抓住一根救命草一样不放。

　　一天晚上，我又喝醉了，迷糊中我以为是你，我搂着他。搜索他的嘴唇，我说我爱你，我要。但是，我却没有等到自己所要的渴望，他只是用唇轻轻触摸了一下我的脸颊，然后哄我入睡。我一次又一次重来，但是他一次又一次逃脱。那时，我突然恨起你来，就算是在梦里也不是我的，我恨。

　　醒来时，我看到自己和阿中彼此衣冠整齐的样子，我很惊异。也在那时有了一个决定：嫁给他。嫁给一个自己在最最困难时遇到的人。

　　那年，我结婚了，阿中很疼，很爱我，我是个幸福、满足的小女人。

　　只是那时，我的心中对你还是有恨，甚至有的时候会诅咒你，诅咒你不得好死。

　　三年后，我在浙江的好朋友因故去世了。我离开家独自一个人去参加她的葬礼。

　　朋友是儿时最好的朋友，去墓地回来的时候，我一边走一边想着以往的点点滴滴，更为她青春早逝而伤心难过。边走边想，我最终落在了最后。

突然，旁边一个凭吊的女孩引起了我的注意，她的身影极其熟悉。好像，好像你的那个女朋友……她怎么也来到这里？我回过头去多看她一眼，同时墓碑上两个熟悉的字跌入了我的眼帘：文勋。下葬的日期竟是和你分开的三个月后。

一阵天旋地转，这里面有蹊跷呀？可是怎么回事？我伸出发抖的手上前扯着她，她麻木地看着我一会儿，突然也认出我来了。

还没有说话就开始哭个不停，在我追问下，她哽咽地说道："园园姐，我哥……我哥，他不让我告诉你这些的……你走呀，快走。"

"你哥？什么你哥？……"怎么回事？我没有反应过来。

"他，是……是文勋啊！"她的话更让我眼前一黑。

……

"文勋……哥哥死了。"我呆了，脑子里面一阵空白，一个趔趄差一点摔倒。不可能，绝对不可能……他不是移情别恋吗？他不是负心汉吗？什么哥哥妹妹的？……

他是怎么死的？！这是怎么回事呀？我大声喊着，疯狂地摇晃着她，眼睛快滴出血来。然而我听到了可怕的事实：

有一次，你的胃疼得特别厉害，最后昏了过去，你的家人发现后把你送到了医院，谁知检查后你竟得了胃癌。医生告诉你的家人，胃癌已经到了晚期无法治疗了，你活着的时间不多了。在痛苦徘徊中，你想到了我，想到了失去你后我肯定会痛不欲生的，你不忍让我伤心难过。所以，你隐瞒了病情，并精心导演了车站的那一幕，而所谓的"女朋友"就是你的亲妹妹啊！

而后，你在和我"分手"的三个月后离开了人间。你妹妹说你走时很安详，脸上还有笑容！

我不知道如何跟你妹妹来到你们家的，在你的房间里，我看到你放在床头我们的合照。照片上你笑得很灿烂，像一个开心的天使。只是上面已经蒙上了一层薄薄的灰尘。

你的妹妹哭着把一张有点发黄的信塞到我的手中：

……亲爱的宝贝，或许你没有机会看到我这封信，但是我还是想为你留下我最后的问候。因为我要走了，而且永远都不能回来。对不起啊！当你知道真相的时候，我知道你会很难过，或许还会哭吧。我说过我要一辈子照顾你。但是，我做不到了，真的对不起啊！

我知道我走后，一定会有一个很棒的人代替我，照顾你，因为你是那么可爱、善良。我现在已经什么事都不能为你做了，只能这样残忍地对待你，以后你会明白我的苦心。

最后的这些日子很想你，也很希望你能陪在我身边。可是，我不想看到你哭，因为我的心会疼。我要我的宝贝一辈子快乐、幸福。

亲爱的，你要记住，不管我到哪里，我对你的爱也会跟着到哪里。爱我，就好好地替我活着。我不希望你不快乐！我爱你宝贝儿，永远……

希望没有我的日子里你会更快乐、幸福！

我捧着信，泪流满面，一阵天昏地暗的晕眩，我的心快要碎成片了。为什么要这样？我的文勋啊！你是怎样的一个人，这么狠心，狠心到最后的日子里也不让我照顾你！我知道你舍不得我，舍不得丢下我一个人，更舍不得我痛苦绝望！

你知道吗？现在，我的心肺在滴血，我的心好痛啊！因为你的离去和我的任性。

你一个人在遥远的世界里孤独、冷清，而我却在幸福的日子里痛恨和诅咒你。

现在，有一种想要扼杀自己的冲动，我恨我自己，恨自己对你的诅咒。是我，是我害死了最最爱我和我最最爱的人啊！

寒冬的一个早晨，我跪在你的坟前，好久，好久，为着这一份无法偿还的爱情和自己狠毒的诅咒！

第二辑
用激情见证我们的青春岁月

五月阳光

海安的古筝弹得相当好，我第一次看到他的时候，我并不知道眼前这个男人会弹古筝，更不知道他的爱情故事这么优雅动人，他在说这个故事的时候，我听得如痴如醉，于是，我就想把这个故事写得很美很美。

（一）

车窗外，雨丝如绸。我埋在宝马车的前座里，任凭低沉动人的音乐从耳际轻轻划过。此时，一种莫名的情愫，侵入我的胸肺。这算什么？我在傍富姐？抑或进行一场惊世骇俗的爱情？侧过头去，看着专注开车的紫闺。她精致细腻五官托起的线条，像一朵鲜艳的红色月季，幽香、诱人。超凡脱俗的韵味，让人把持不住。

她回头，对我莞尔一笑，我的眼前开始模糊。慢慢地，这抹笑容隐入在以往的阴晦当中，逝去的往事如同鬼魅纷至沓来，不饶不依：孙眉、钱、失恋。哈哈哈……，我的神经开始痉挛，然后听到心碎的声音，清晰、透彻，落地有声。滴落在外的痛楚，像是山野的清泉，细细的，一股股，冰凉没有止境。

我恨的不是钱，而是被钱玩弄着的人，就像孙眉，就像今天的自己。还有紫闻？

CD 里播放着 Carpenters《卡彭特》的《Yesterday Once More》（《昨日重现》），逝去的种种已是昨日。它就像一首充满伤楚、疼痛的歌，穿贯在物欲横流的今天，让人无法辨别眼前是幸福或者不幸福……

孙眉，我的初恋情人，也是我心里一个布满血丝的伤口。

她很漂亮，有女人味。第一眼看到她时，她像一朵空谷中的幽兰，妩媚却内敛。

那年，我大学毕业不久。艺术系的我在一家公司里做策划，孙眉是企划部的一名文秘。

世间真有一见钟情这东西。几个月之后，我和孙眉的感情发展得如荼似火。大街小巷中，有我们播撒点点柔情的痕迹。我们在冬天之中转炉，在夏夜里放飞充满幸福幻想的烟花，也会在捉襟见肘的日子里，将仅有的一点热情分成两份。那些日子里我苦乐参半，却感受到人世间最最幸福的时光。因为孙眉充实着我的生活。

情人节那天，孙眉拉着我的手在一家首饰店的橱窗外徘徊。她说里面一款晶莹璀璨的项链，华丽无比。即使买不起，也想和我在这样的日子里共同分享它的美丽。我站在辉煌四映的玻璃前，无所适从地摸着口袋里仅有的 50 元钱，茫然无神。

5000 元与 50 元之间的差别，就在于两个零。我在两个零面前像萎了的茄子，毫无生气。

街边的平民饰品店中，我掏出全部家当买了一条贝壳项链。它放在角落里，摸起来扎手的疼。那一个月里我的午餐全是泡面，但孙眉的思绪还停在那奢华的艳丽之中，没有回来。

一个月后，孙眉人事调动了，是老总的秘书。他们走在一起，像菜市场上的冬瓜与嫩豆芽。我的内心也没有来由地感到恐慌。

一天晚上，孙眉说加班，天上下着滂沱大雨，我急匆匆地拿着伞直奔写字楼。写字楼里一片黑暗，只有老总的办公室里有轻微的响声。我脑中一片混乱，扶着桌子的边沿靠近再靠近。办公室里有男人粗重的喘息声音，还有女人娇媚的呻吟。

透过百叶窗小小的间隙，我看到交缠在一起的两条白鱼！我眼前一片黑暗，奋力地把门踢开。孙眉尖叫着，惊慌失措地抓起地上凌乱的衣服，躲在了老总的身后，我冷冷地瞪着他们，青筋暴露。

"为什么，为什么要这样？"我大吼着，昏暗中一丝亮光在我的眼前跳跃，是孙眉颈上的钻石项链，比 5000 元的那条好看。我快要晕了，顿时明白了些什么。给她项链的人不是我，是这个老男人，所以她是他的。这只是一场交易，一场似乎与我无关的，灵与肉的交易。

地上那条不值一文的贝壳项链被踩得支离破碎，如同我与孙眉的感情。

我失魂落魄地走在雨中，狂风无情地席卷着我的衣襟，好冷！我想洗刷掉这一切，却将这一切打进心里的最深处。

认识紫闺的时候，她 25 岁，我 27 岁，与孙眉分开的第二年。

那年，父亲多病，家境依旧困难。经友人推荐，我应约到临海的别墅试琴，有人要聘我为古筝家教。

豪宅前，我按下门铃。一位打扮入时、肌肤雪白的女子替我开了门。若非友人事先交待，我如何也不相信，眼前的佳人是个有着五岁女儿的单身母亲。

进入客厅，我看到一个如野猫似的小女孩坐在地上撒野，小模小样乱得像随意摆放的白玉。

"你是什么人，我为什么要跟你学古筝？"小女孩劈头就问。

"你又是什么人，你又为什么不跟我学古筝？"有钱人的宠纵让我顿生反感。

小女孩愣了好久，不知道如何回答。看来，我这个下马威力道有效。

旁边那名女子突然乐了。银铃般的笑声，恍如玉器撞击般，清脆、悦耳，吸引我注视。四目相接时，她的眼中竟也有一丝少女般的羞涩。笑靥如花的样子，像传说中清纯可人的狐仙，让我意乱情迷。

就这样，没有经过任何乐器的拨弄，我顺利经过了面试，正式聘为小可的古筝家教。

（二）

中秋月圆，紫闺在自家小院中设坛铺筝。她问我喜欢什么样的曲子，我说《楼台会》。她笑了笑，微翘的嘴角，似天空淘气的月牙，柔柔的、嫩嫩的。我端坐，一首温柔婉约的相思之曲，随回旋的指尖流淌而出，一阵清风拂面，地下落花缤纷。依附在让人欲动不能的泣诉里，满园子的点点秋意，点点愁。

天上月圆如盘，伊人却独自憔悴。突然之间，我发现自己在这样的时刻弹这样的曲子，近乎残酷。停顿间，我回首看着身旁的紫闰，发觉她清秀的眉角之间，泛着莹莹泪光。没有来由的一阵心疼，手止声落。片刻之后，紫闰用一种微微发颤的声音说道："对不起，我失态了。"

我望着梨花带雨，充满异性芬芳的紫闰，心中却击起千层波澜。我想呵护她，想拥她入怀。我感觉到自己的血液在血管里快速地来回窜动着，一种男性应有的本能，使我更蠢蠢欲动，在这孤男寡女的场景中。

我伸出手，轻轻托起紫闰额前的一抹长发，将她放在耳后。目目相对，我感到自己唇间的干涸。四片颤抖着的欲望快要碰触时，我悠然停顿，呼吸急促。

豪宅？未婚母亲？孙眉与紫闰，他们同样是被钱玩弄着的人？

我抓着椅子的外套，快速地转身而去，只留下紫闰含怨忧郁的双眸。

我给小可上课，手机骤然响起，是母亲打来的：父亲脑溢血突发住院了。母亲提醒我要多带一些现金，以防备用。我走出别墅，摸着羞涩的口袋，像热锅上的蚂蚁急促不安。

纯白色的宝马车这时在身边悄然而至。紫闰打开车门："

快上车，我送你去医院。"

医院里插满管子的父亲昏迷不醒，紫闰拿出一叠现金交到母亲手中。我看到苍老憔悴的母亲接钱时的表情，感激、迷茫、不解，层层迭起。我急忙介绍："这是请我做家庭音乐老师的女主人。"母亲才如获至宝地捧着救命的钞票，欣喜而去。而紫闰的脸上却有着少许失望，是我刚才的解释有异？抑或母亲忘了道谢的礼数？

隔天，母亲也病了，住进隔壁的女病房。我来回奔走，精疲力竭。紫闰却在这时带着一大堆日常用品赶来。然后，我看到隔壁女病房里，娇小羸弱的紫闰，正为母亲端汤送水。看着相处似母女的两人，我心里像打翻了五味瓶般难受。

我和这个年轻的单身母亲之间会有旷世奇缘吗？我会接受这个被钱玩弄过的女人吗？心绪烦乱的我背过身去，酸涩羞愧的泪水滴落不已。到今天，我还是为钱所困的男人。

过去的事，与根深蒂固的偏见，让我看不见幸福的影子。

父亲出院后，我将一张摁着鲜红手印的欠条交在紫闰的手中，和它在一起的是借款的尾数。

我看到紫闰的眼红了，欠账还钱，理所当然。她的落寂与我无关……

思绪重新回来，夜色中大雨如注。紫闰开着车小心翼翼，前方的路越发模糊，雨大太她执意送我回家。突然，远处一辆大卡车呼啸而来。紫闰惊骇地握着操控生命的圆盘，向右，向右，再向右……车子急速地转弯，尖锐的刹车声响起，肇事车辆擦身而过后消失得无影无踪。宝马车摇摇晃晃撞在了路边的护栏上，动弹不得。

我看到紫闰伏在支离破烂的挡风玻璃下，目光迷离，左臂上血迹斑斑。每个驾驶员都知道，面对异物突来时，只有方向盘向左自己才安全。方向盘向右则是保护身旁的人，驾驶员的危险最大。

掏出手机，没电自动关机了。深夜骤雨天，人车绝迹。我强忍疼痛，下车，满脸痛楚扶起紫闰："你好傻，为什么方向盘不向左？为什么？"我背起驾驶座上的紫闰，蹒跚前进，因为我看到前方一百米处，有一丝微弱的灯光在闪烁。

紫闰伏在我的肩上，语如游丝，她说："方向盘向右，是因为右边有我的爱人，我要用生命去爱他。"

"……嗯！"我点点头，泪如雨下。

紫闰的头轻轻地垂放在我的脖根处。我说："我也爱你，从现在起。"身边只有雨声，没人回应。

……

（三）

五月里，旧年亭院、古筝、檀木桌，还是去年佳人在旁。若有所得的我端坐桌前，又是《楼台会》。没有离别后的惆怅，唯有相聚时的欢悦。抬望眼，秀色满园，细风舞轻月。

园中设宴摆席，我与紫闰执杯相对。令人沉醉的不是酒，是这风情万种的场景。我与紫闰四目相对，眼中有诉不尽的柔情细语。

酒劲正上，这个经不起诱惑的夜晚，我们相拥入屋。我熟练地开启那坛尘封已久的甘露。点点浓郁香醇之中，紫闰的身子却显得生涩、笨拙，似一枚高挂在枝头的青杏。虽然芬芳无比，却不知如何入口。我像一个老道的酿酒师，慢慢地催熟那枚青涩的果子，越酿越醇，越酿越香。

早晨，窗外有海浪呼啸的声音，浅绿色的窗帘像一个娇羞的少女，飘飘然。一丝和煦的阳光透窗而入，挥洒在我的眼前。我睁开朦胧的双眼，似醒又非醒。触眼间，纯白床单上有处子的血迹，像盛开的杜鹃花一样，刺目、鲜艳。我呆住了。难道……怎么回事？……惊愕之中，全身却无丝无缕。

屋外客厅里，笑语连珠。小可，紫闰，还有陌生的女人声音。

推门而出，我看到，一个女人与小可一样，嘴边有浅浅的

梨涡。小可说，她的名字也叫妈妈。我再一次愕然万分，双嘴
合拢不住。

原来，紫闰从小父母双亡，与姐姐相依为命。五年前，姐
夫送临产的姐姐到医院路途中突遇车祸。姐夫为保护姐姐却遭
遇不测。姐姐生下小可后，痛失爱人的她郁郁寡欢后不知所踪。
紫闰不忍小可无父无母，视为己出，并保守自己的秘密。几日
前，修复重创后小可的母亲突然回家，一家人终得团聚。

我惊讶地望着小可失而复得的母亲，再看看婉约善良的紫
闰。那时，人世间有一种旷世奇缘，像这五月阳光般，温馨无比。

见你，就是为了离开你

又是一场婚外恋。在这样开放的时代当中，婚外恋并不少见，也极为让人憎恶，对此，我也是一样。但是，有些感情来了是阻挡不了的，面对前任和后者，我们都应该持尊重的态度，不该逾越的地方就要有所保留，这样才能给过往的感情留下最美好回忆和最长久的回味。

（一）

两年后的今天，我终于踏上了北上的列车，在这之前我没有跟家里的任何人提起过我要出门，只是在某一天某一时间里，我突然间非常非常地想完成一个挥之不去的心愿，因为它放在我的心里积郁太久，我已夜不能寝，食不知味了。

我曾经在网上认识一个网友，他的名字叫俊东，我们有着许多的共同语言，有着聊不完的话题，他不像我老公那样木讷，一点浪漫的元素也没有。说实在的，我一直对他有着一种深深

的眷恋，就算明知道自己已经有了家庭，明知道我们两个人是不可能在一起的，但是我还是控制不住心里面的思绪，忍不住想要见他，只要见他一面就好了。

二十几个小时的颠簸，火车如期地驶入了河北境内，站在窗明几净的车窗前，看着一望无垠的平原，我的心中竟涌起一种无法诉说的悸动，是一种太深太深的思念。我从来不知道原来地可以这么平，可以这么宽，视线之内竟可以没有山，而山的远处孕育着一个我刻骨铭心怀念的人，这就是俊东生长的地方吧！我压抑着心中的感慨，仰望飞逝而过的景色，心中竟掀起了久违的酸楚。俊东！几年后的今天，我来了，我终于可以见到你了。此时此刻我的心无声地颤抖着。

这时候，手机响了起来，我没有看来电显示，就按了接听键，因为我知道他是谁，我轻轻地"喂"了一声，他问道："你在哪？一夜没回家，我好担心！"我说道："对不起，小峰，今天因为公司突然间派我出差，所以没有告诉你，事情办完了，我就马上回家，你别担心。"我知道我的表情是木然的，但是他——我的丈夫仍唠唠叨叨地说着："出门在外要注意身体，一定要按时吃饭，东西别乱扔，做事情不要粗心大意……"不等他说完，我便万分烦躁地将手机关了。日复一日不变的叮嘱，我已经厌倦了，我要飞了，飞向一个心有所属的地方。

早上 6 点 50 分我在北京西客站下车了，俊东并没有如约而至，我很失望，但我没有打他的手机，因为他已经知道了我今天这个时候会到北京的。既然他无心，我想这样会更好，我便有理由使自己忘却他，人负我总比我负人的好。真是一个好兆头呀！我如释重负，现在也只有他的无情才能拯救我有名无实的婚姻，这样我才会安分守己的。

站在宽阔的广场上，我压抑着自己的激动，默默地呐喊着："北京啊！我思念了千万次的地方，我想你呀！我终于来了！"此时此刻，我多想张开双臂，拥抱现在所看到的一切，可是我不能，因为我的手太小太小了。

我之所以念念不忘北京，因为，她是我所敬爱的首都，更因为她离俊东很近很近，我来到了这儿，便如同来到了俊东的身边。宽敞的马路，车如流水马如龙的街市，我并没有感到陌生，我只是贪婪地望着它，如同望着分开已久而素未谋面的爱人。我就这样站着，足足有十分钟，身边的喧闹已成为一种和谐伴奏，来来往往的人群像是一个个跳动着的音符，让人流连忘返。

10 点 30 分，终于在清华大学西门公交车的站牌下见到了俊东，我永远也无法忘记那时的情景：我要求出租车的司机在离那儿 100 米的地方停车，我知道他在那儿，但是我不敢一下子就见到他，因为车的速度太快，我必须调整好自己的情绪。100 米，90 米……在 50 米的地方，我看到了一个人在焦急地向远处望着，10 米，5 米……终于近了，迎着火辣辣的目光，我有一种想要逃跑的冲动，我确实显得不知所措了。最后，我还是抬起头，这就是我必须面对的。

我终于看到了，是他，俊东！没有任何问候语，似乎没有一种生疏感，淡淡一笑已经代替了所有的言语，这或许就是默契吧！一切一切都那么自然，就像是多年的老朋友，没有任何的不妥。

（二）

今天的我是经过精心打扮的，一套粉红色的公主裙，略施胭脂，长发披肩，经过一番包装——金钱的效应，我想还能算得上楚楚动人吧！他呢？我明显地感受到他物质生活的不如意了。应该说他是一个来自农村的孩子吧，也或许是他的朴素，他，1 米 75 左右，普通黑色裤子配着一件蓝格子衬衫，还有一点皱，但是这并不能掩盖他英俊的容貌与男性特有的刚毅。

我们默默无声漫无目的地走着，不是我们无语可说，因为有太多太多的话想说，一时竟无从开口。走着走着，从清华大学西门到五道口，再从五道口到学院路，好几里路。我只是在想今天的我好奇怪，蹬着8公分高跟鞋的脚竟异常知趣和坚强，并没有疼。早上不是还没有吃饭吗？现在都十一点多了，怎么一点也不感觉到饿呢？我在想其实我有吃苦的潜力，只是没有被挖掘而已！

最后，我先开口，我说道："别走了，再走到河北了。"他怔了怔低下头话不对题地说着："原泉，我让你失望了。对不起！我的经营并没有成功，现在仍一无所有，甚至，甚至负债累累。"我无法忘记他说话时带着的那一种微微颤抖。我茫然地看着他，我想哭，心中酸酸的，不是因为自己的失望，而是因为他的落魄，我不忍心。我不知如何回答他的话，只是呆呆望着他的鞋，他的皮鞋虽然不太旧，但是一点都不时尚，上面沾满了点点灰尘，像是经历尽沧桑的老人。我叹了一口气，侧过头，装着若无其事的样子。

当我把注意力转移到街上的时候，才发现街上人来人往，与清晨时分的宁静形成了一种对比。我想已经中午了，不能再走下去了，就像我们的感情一样，不能一直没完没了，对他对我都是一种负担，亦是一种亏欠！正当我低着头想着怎么对他开口时，一辆的士"嗖"的一声，朝我飞驰而来，一时间，我怔在那，旁边的俊东急忙拉了我一下，我一个趔趄用力地撞向了他，等我回过神来的时候，的士已经离我好远了。

我恨恨地骂了一句便俯身去系被踩松了的鞋扣，系好后我抬起头无意识朝前看了一眼。这时，天空已经开始下了一点点小雨，迎着蒙蒙雨色，走在前面的俊东，显得是那么孤寂和无助，脚步中没有自信和对生活的期望，那低低的肩膀、微微倾斜的身子和着灰沉的天气，是一种何等的悲然！那手臂上还有点点刺眼的红，是血！是刚才被我撞到栏杆上受的伤。望着他的手臂，我的心中掠过一阵痛楚，有一种想要哭的冲动。俊东啊！原来这么多年来，你都被我珍藏在我的心中，从未忘记！我呆呆地望着他的背影，突然间，我有一种想要触摸他的冲动。于是，我冲了上去，牵起了那低垂的手，如同牵起心中盼望已久的渴望，我只是紧紧地握着，很用力很用力。

我低头，不敢看对方的脸色，只是十分震惊自己的大胆。而俊东呢！我明显地感觉到他的身子开始颤动着，有一种雀跃。"咱们去玩吧！"他欢呼着，拉起我的手向前奔跑，引来路人的张望。啊！他开心了，这样就能令他开心！我不再为自己不

当的行为而耿耿于怀了，只要他开心不就好了吗？这正是我想
要的。

……

不知不觉来到了一个路旁的一个小庙，只见上面写着"许
愿亭"三个字，所谓的"许愿亭"就是让神帮自己实现自己的
心愿吧！如果在若干年前我一定会很欢快地跑上去然后许下许
许多多的愿望。但是现在，我已经麻木了，因为世上根本就没
有神，根本就没有保护自己的神。如果有神的话父亲就不会早
逝，我可以过我自己喜欢的生活，可以无忧无虑，可以像别的
孩子一样不知道柴米油盐的贵贱！

虽然在我的心中世上早已没有了神，但是我仍有各式各样
的愿望，我没有向谁许愿，我只是把它放在内心的最深处，在
有人轻轻拨动的时候，我亦会独自忍不住向空阔遥远的天空不
停地呐喊着，以最真最虔诚的方式诉说，虽然每次都不会实现，
但是心中就有了一丝轻松。

我不知道俊东心中有没有所谓的宗教信仰，但是目睹他凝
望神像的眼神，我有一种被震撼的感觉，我想他应该一个人静
静了。我以买饮料的借口，悄悄地离开了，我想让他把心中的
愿望交付于神吧！有人替他分担他才不会这么累，虽然不一定

真的实现，但是至少他也有一个精神依托吧！

几分钟后我去而复返，我静静地回到他的身边，只见他双手合十，我依稀可以听到他微微的话语："……神明啊！保佑我吧！保佑我成功，因为我很想很想照顾原泉一辈子！真的非常想，请给我机会！"这个傻瓜！我从背后深深地望着他，落日余晖中，已被风吹乱的黑发已不成形。投射下的身影被拉得好长，是一种很深很深的孤寂。克制不住的眼泪早已无声无息滴落在地，这么多年以来，我一直以为我已经不会再流泪了，因为有些东西它已经过去了，永远地过去了。今天我才知道，原来我一直过着自欺欺人的日子，我只是把一些记忆尘封，而未遗弃。

……

（三）

相处只有几天，我们却把一辈子都过了，虽然我们的言行举止表面上跟普通朋友无异。但是，彼此的内心却翻滚着无比的波涛，是爱？是恨？是不忍？许多许多的话，我们都放在内心没有表露，虽然我不说，他也不说，但是我知道，真情依旧！深情依旧！

"天下无不散的宴席"。我要回去了，临行时，我把俊东约到了我的公寓里面，这个公寓样样齐全，甚至连锅碗瓢盆也有。平时，我在家里极少下厨，因为我的厨艺极差，所以，一般家里人是不"劳驾"我的，我也乐得清闲。今天，我有一种冲动，不知道为什么总想为他做什么。我能做什么呢？我想或许只能给他煮一碗面条，除此之外，别无他物了。

笨手笨脚的我，终于把两碗很普通很普通的紫菜鸡蛋面做好了。但是，我却打破了一个碗和一根汤勺，并把身上的套装弄得油兮兮的。我在想我的样子一定是很狼狈的，如果有平时打我主意的男生看到我这副德行，一定很庆幸没有娶我为妻。

当我端着面条到客厅，我分明看到了俊东眼中的一<u>丝</u>不易察觉的柔情，接触他的眼神的时候，心中"砰"的一响，像被某种尖锐的东西狠狠地划过，很痛很痛。端面的手抖动了一下，滚烫的油汤狠狠滑过我的手背，也是很痛很痛。我装着若无其事地"调侃"俊东说："尝尝我的面吧！我不会做饭，或许吃完后，你会在想有谁会这么倒霉娶了原泉呢？连煮个面都不会。"

俊东接过碗低着头很久没有说话，而夹着面条的手不断地抖动着。"俊东！"我叫着，他仍然没有抬头，但是我却分明看见了滴落在桌上的泪水。我呆呆地望着他，我多想上前去，拍拍他的头对他说："傻瓜，别这样！"然后替他擦干泪水。但是我没有，我知道在他的面前，我不能有丝毫的柔情，我不能毁了他。

我极力克制住自己内心的痛楚，面无表情地对俊东说："你慢慢吃！我进去换件衣服。"关上房门，泪水却不知不觉流了下来。这样的相聚，这样的离别，竟是我们的永远、我们的爱恋。我不甘心，为什么老天要这样对我呀，我恨，恨自己，恨命运。瘦弱无力的我已无法支撑自己的重心，顺着房门瘫坐在地。

当我抱着衣服打开房门时，俊东已经站在我的面前，他的双眼也是红的。他伸过手，拿过我的衣服，对我说了一句话："让我帮你洗吧！这是我这一辈子唯一能帮你做的事了。"我怔怔地站在那，望着我最最深爱男人的背影，泪如雨下！……

那天俊东在公寓里面坐到了很晚，我们泡着公寓里面的绿茶一杯又一杯地喝着，到了最后，夜已经有点深了，俊东终于站起来了，他用嘶哑的声音对我说道："我知道，你来见我就是为了永远地离开我的，我也已经做好准备了，但是，我仍然想亲耳听你说出来，因为只有亲耳听你说出来，我才能相信我们这段感情就真的已经结束了，永不再来。"

我点了点头站了起来，我吸了吸鼻子，好久好久才说道：

用激情见证我们的青春岁月

"是的，俊东，我承认，我来见你就是为了离开你的。认识你太晚了，我们都感到非常遗憾，我谢谢你对我用了这么多的感情，也谢谢你以往日子以来的关心与呵护，在这里，我只想说一句，认识你真好！"

俊东没有说话，他默默地转过身子去，然后打开房门走了出去，就在门合上的那一刻，我泪如雨下。

小峰的电话还是如期而至，他说道："你在哪里？离家远吗？要不要我去接你！"我拿着手机用以往所没有的温柔说道："我在不远的地方，今天太晚了，明天就回家！"

在火车快驶过河北时，我收到了俊东发过来的一条短信，上面写道："死生契阔，与子相悦，执子之手，与子偕老。"看完后泪水已泛滥双眼。我看了看这条短信，然后按下删除键。但是，这样可以删掉以往，删得掉留在心中的不忍与柔情吗？我不知道。望着车窗外飞逝而过的景色，我想我已经在回家的路上了，我要到家了……

老鼠爱大米

说到师生恋，从一开始我就不太赞成，但是，对于青春期的男女而言，如果在高中的时候没有怦然的爱恋感觉，那肯定是骗人的。贝舒和其他成千上万少女一样，喜欢上一个英俊的男生，只是这个男生刚好是他的老师，现在让我们看看这对师生恋值不值得大家祝福……

（一）

"嘀铃铃"上课的钟声响了，我低着头，拼命地往高一（1）教室里跑。都怪老妈，闹钟慢了也不告诉我，害我第一天上课就要迟到了。我嘀咕着，却没有看到自己已经把前方一个人从背后给袭击了。

"砰"一声，不好！前方的人被我撞得满地找牙，手中的书扔出老远。我看着地上狼狈不堪的大男孩，惊讶得说不出话来。铃声在这时骤然停顿，有几个老师已经陆陆续续走进了教室。"不好意思!"我来不及查看对方的情况,落荒而逃。

回到座位上,我大大地吐了一口气:"还好,老师也迟到了,嘿嘿,命大!"五分钟后,我看到一个人一拐一拐地走进教室,然后站在讲台上。啊!我捂住嘴:是刚才被自己撞的那个人。不会吧,他不是同学,是老师。我的头嗡地大了起来,我将书用脸遮了起来,大气不敢喘。

"同学们,大家好!我是新来的语文老师韩天,今年刚毕业分配到这儿的。以后你们可以不要叫我老师,直呼我的名字就好了。因为只要你们的成绩出色,无形中我就是最优秀的老师了。"好有创新的讲话,同学们为着这样一个没有代沟的老师拼命地鼓起了掌。我抬起头来偷偷地看了看这个叫韩天的老师,年轻、高大帅气,倒像高三的学长。身边有女生偷偷地议论:啊,好帅的老师喔!

"现在,我首先要认识一下本班的语文课代表,然后再进行点名。请语文课代表贝舒站起来一下。"贝舒,啊!这就是我呀!完了,这下死定了。我慢腾腾地站了起来,然后讪讪地对大家笑道:嘿!嘿!想必比哭还难看。

韩天看着我,许久。然后若有所思地点点头,示意我坐下。他拍了拍身上的灰尘,用一种嘲弄的口气说道:"老师现在这

131

个样子，是因为今天早上被一个冒失鬼给撞的，这人惹了祸后就逃之夭夭了。希望同学们不要像她那样，连基本的尊师敬长的礼貌都没有。"说完，他似笑非笑地看着我，眼睛黑黑亮亮的。嘴角泛起的迷人梨涡，把我也旋入其中，直到我迷失了自己。

我呆呆地坐在座位上，傻傻地想着笑着，不觉得自己在是受批评，而是在享受偶像对自己的宠溺、温柔。

一个月很快过去了，为了当最优秀的老师和最优秀的学生，同学和老师都彼此努力着。韩天是一个不错的老师，他以清新开朗的上课方式把我们带入了一个全新的学习园地中。同学的学习态度由原来的被动变为主动，很多时候一些知识都被韩天以独特的教育方式悄悄地装进脑袋。

17年来，我第一次感觉到上课原来也可以这么轻松、自在，而没有压力。

我也发现自己开始悄悄地喜欢上了韩天，只不过这里面的崇拜成分占90%，就像老鼠爱大米一样，已经欲罢不能了。化崇拜为力量的我，语文成绩一直遥遥领先，无人能及。上作文课，韩天总拿着我的作文当众朗读，并以此为典范。我心中掠过一阵阵欢喜，仍有一种被宠溺的感觉，温馨、美好！

（二）

高二上学期，班主任被调走了，由于韩天上学期所教学生的语文成绩相当优秀，所以，学校破格把他提升为我们的班主任了。由于高中的课程较紧，而我抱着必上大学的决心，还想在下课的时候看到韩天打篮球时的矫健身影，就由家里搬到学校住宿。

韩天在我们眼里，不仅是老师，更是好朋友、知心的大哥哥。那个时候，我真正体会到什么叫良师益友，就像我们与韩天的关系。

星期二早上上完第一节课时，我的"好朋友"突然来了。我脸色青白，跟班长请了十分钟假，想到宿舍稍做休息。刚走到宿舍门口，肚子突然一阵痉挛。啊！好痛！我捂着肚子蹲在地上起不来。一阵接一阵，跟刀割似的，越来越疼。一阵晕眩，我躺在地上缩成一团，冷汗淋淋。

贝舒，贝舒，我听到外面好像是韩天和同桌云儿在喊我。除了疼还是疼，我呻吟了一声，身子却还是动不了。一分钟以后，我感觉到门被推开了。"怎么回事？你生病了？"随着一阵急促的脚步，韩天冲进来不由分说把我背了起来："你不要怕，我马上送你到医院里。"

我被硬生生地背了起来，我无力朝着身边的云儿挥手，想暗示她。可是这个大头妹，完全误会我的意思：快！老师，贝舒快撑不住了。然后韩天背起我，惊慌失措地跑了起来，我无力地任凭摆布，没有一点抗拒的力量。我趴在他的背上，他那男性特有的气息让我清醒了许多，我偷偷地吻了他的领子，在他的背上轻轻地写下了我的名字。

医院里，面对韩天焦急的询问，女医生嗤之以鼻："女性生理期的常见反应，要这么大惊小怪吗？一点也不懂得生理常识。"然后面无表情把病历扔了过来："到药房拿药！"我偷偷地瞄了瞄旁边的韩天，他耷拉着头、满脸通红地拿过病历却不知如何是好。我的脸也在这时开始发烫，心里却像一百只小鹿乱撞。

我不知道韩天是怎样拿到药的，回学校的路上，我们慢慢地走着，各怀心事。秋风正起，旁边梧桐叶被风胡乱卷起，漫天飞舞，一如我的内心乱成一团。

令人窒息的高考终于结束了，我的自我感觉良好，上大学保证没有问题。在韩天的组织下，我们参加了高中时期最后一次野外郊游，那时我们的骑坐工具是自行车。

回来的时候，被人载的我故意落单，最后，韩天便承担起载我回校的任务，坐在他的后座上，然后我一边偷偷地拧着后座上的螺丝。天遂人意，正当我把手中的螺丝扔掉几分钟后，不堪重负的后座终于在我沉重的挤压下应声而断。最后，我便如愿地坐上了韩天自行车前面那窄窄的车杆。每当风吹起我的长发，拂在韩天的脸上时，我都有一种心跳的感觉，整个人都快要醉了。

那一天，韩天把车骑得很慢很慢，我却觉得它走得很快很快。我多么希望那一刻能够永远定格下来。快到学校时，我深深地看了看韩天一眼，没有说话，我也不知道自己想要说什么。

离别就在眼前。韩天，你已经进入我的内心最深处，你知道吗？

（三）

我终于如愿地接到了大学录取通知书。临走的那一天，我买了一张由两只蝴蝶标本做成的书签，我在上面写下了一句诗：君生我未生，我生君已老，恨不生同时，日日与君好。没有留姓名，只是在书签的最后写道：韩天，等我长大，好吗？然后我把它装进信封里，寄了出去。

新学校里，我常常忍不住把思念寄于与韩天的鸿雁传书之中。他的回信虽然比较及时，不过除了寥寥几句学习要认真，不要胡思乱想之外的话，我却没有找到自己渴望的字句。尽管这样，我对他的思念还是与日俱增，我这是怎么了？

大一回家时，我听到同学说韩天已经有了女朋友，美丽、温柔，是同校的老师。我偷偷地跑到了高中学校，我看见操场上韩天和一个娴静的女孩优雅地散着步。而此时的韩天，他的身上多了一份成熟、稳重，更有一种我似曾熟悉的、男性特有的魅力。

我躲在学校的一棵树下，哭得肝肠寸断！那年我 20 岁。

大二时，长相清秀的我开始有了追求者，很快我接受了一位英俊潇洒男同学的追求，终于我将恋师情结转移到了那位男同学身上。浪漫时尚的他也曾骑着自行车载我满世界地跑，也曾背着我上山游玩，但是，我始终无法忘记与韩天在一起的温馨、幸福。

我记得我伏在他的背上时，心中是叫着韩天这个名字的。

后来，云儿告诉我韩天一直没有女朋友，好像一直在等一个人。

没有女朋友，难道那天只是巧合？那个女孩与韩天是没有关系的，天啊！我一阵晕眩。

　　大三快毕业时，我被那个"小资"男友狠狠地抛弃了，我哭了，但是却没有 20 岁时那一种心碎的感觉。那一天，我犹豫了很久很久，终于拿出手机给韩天打了电话，我除了哭还是哭。在电话里我哽咽地说："老师，我想你了，我想在你怀里哭。"电话的那一头沉默了很久很久，终于只剩下嘟嘟声。

　　第二天，正当我在宿舍里睡得晕头晕脸时，同宿舍的同学告诉我，学校外有一个叫韩天的人要找我。我一听顾不得穿袜子套上拖鞋就往外跑。

　　远远地我就看见韩天站在校门口，还摆着一个很酷的 POSE。我悄悄地来到他背后，用力地拍了一下他的背，干咳道："嗯，嗯……在等谁呀？"他红着脸用揶揄的口气对我说："我在等一个想我和我想的人呀！"

　　在路上，我悄悄地问道："那，以前你怎么不理我？"韩天温柔地看着我说："因为，我在等你长大！"

　　学校门口那个 VCD 店里，正播放着一首让人心动的歌曲：

如果真的有一天

爱情理想会实现

我会加倍努力好好对你，永远不改变

不管路有多么远

一定会让它实现

我会轻轻地在你耳边对你说

我爱你，爱着你

就像老鼠爱大米

……

第三辑

爱情之外婚姻之内

过往的伤痛，不应该成为现在情感的噩梦

　　许多人都说再婚之后不会幸福，因为找不到最初的感觉，更因为没有同甘共苦一起走过来。我们且不谈这些比较大的方向，我们只说说未来的路还需不需要一起走下去。人生有太多太多的疼痛与不堪，如果一个人走太累了，摔倒之后，如果还有那么一个人，愿意陪着我们一起慢慢老去，这也是爱情之外的幸福，何必硬要推开……

（一）

　　我出生于南宁的一个城镇，亲生父亲很早就去世，妈妈为了悉心照顾我和弟弟，一直没有考虑个人问题。大学毕业后，我在邻市一家知名企业里上班，弟弟也到外地就读高中，家里只剩下妈妈一个人。最后在我们的一再催促下，妈妈终于在别人的介绍下认识了现在的继父。

　　继父是本地一个出了名的实在人，他的妻子十年前因病去

世了，为了抚养他的两个儿子长大成人，也一直没有再娶，直到他的儿子都成家了，在旁人的动员下才想要找一个伴。隔年2月，在我们的祝福下妈妈和继父终于走到了一块儿。因为我们家的住房比较宽松，所以妈妈与继父结婚后，继父就搬到了我们家，这样既可以解决住房问题，还可以照顾未成年的弟弟。

五一国际劳动节，公司放了七天长假，我也想暂时离开快节奏的工作环境到家里放松一下。可是未进家门，我就听到若隐若现的争吵声，继父和妈妈的感情不是挺好的吗？怎么了？开门的是弟弟，但他的样子把我吓了一跳，他的脸上有好几道伤痕，肿得不成形。不会是在学校跟人打架了吧？原来妈妈和继父昨天吵架并互相推搡，弟弟去劝架却被他们推倒在地，脸撞在了桌角上，结果就成了现在这个样了。

看到弟弟的样子我一阵心疼，说起父母之间的家庭战争，到现在我仍心有余悸。爸爸与妈妈的婚姻是祖母一手促成的，他们性格差异非常大，两人素来不和，刚开始争吵不休，到后来经常大打出手。弟弟出世后，家庭情况更窘迫了，父母的战争更是升级再升级，爸爸终日酗酒，妈妈也开始寻死觅活。他们大打出手时，为了不让他们彼此伤害，我和弟弟经常用身子挡在中间，做他们的挡箭牌，也经常被他们无意的拳脚打得鼻青脸肿，更有甚时还虚脱在地。童年并没有太多的地方让我留恋，我最害怕放学回家的时候，更害怕父母旁若无人的吵闹声。回首往事，我与弟弟是在惶恐之中长大的。

"姐，我很怕，很怕他们会吵得跟以前一样。"弟弟已经是十八岁的大男孩了，可是想起以前他还是流泪不止，没有什么比亲人互残更让人心疼和害怕的了。我看着他内心一阵痉挛，是的，不要说他怕了，我更怕。

我记得他们老来得伴，刚开始时相处得非常融洽，记得继父有胃痛的老毛病，妈妈经常花很长时间熬粥让继父暖胃。而继父待我们更是视如己出，不仅拿出钱来让弟弟上本市最好的中学，还经常打电话关心我在外地的工作生活情况。原本和好的他们突然变成这个样子，一定事出有因。

弟弟告诉我，前几天妈妈和继父还好好的，可是自从继父跟别人玩了几次牌后，妈妈突然性情大变。原来爸爸在我很小的时候，有一段时间也迷上了打牌，并染上了赌博的恶习，把家里值钱的东西全输光了，从那时家境也变坏，他们反目成仇后便一发不可收拾。

当时继父确实打了牌，不过不是赌钱，有好几个人可以证明。弟弟还说妈妈一定要叫继父承认错误，并写下保证书保证

以后不再参与赌博、不再打牌才肯罢休。继父说以后可以不打牌，可是说什么也不肯写保证书，他说他没有赌博，为什么要承认错误？继父为人老实，但有一个毛病，就是比较执拗，认准的事就是十头牛也拉不回来。

一朝被蛇咬，十年怕草绳，当初爸爸全盘皆输的情景让妈妈害怕极了。赌博是一种不良的风气，一定要先防范患于未然，可是也不能把打牌的人都说成赌博呀！我想两人的出发点都没错，只是硬碰硬的方式让他们矛盾突发。

我的到来无疑冷却了他们的战争。继父一看我回来就赶快给我买好吃的，妈妈也拉着我的手问长问短。趁着继父上街的时候，我拉着妈妈的手说："妈，你不要老是疑神疑鬼的，叔叔不是那样的人，再说了没事儿的时候打打小牌又不是不可以。"话刚出口妈妈的脸色就变了："等到真正成赌博了来得及吗？难道你忘了你爸当年的情景？"

"妈，我知道爸爸当年那样是不对的，可是不能一竿子打翻一船人，不要为了一件小事弄成这样。弟弟那满脸的伤难道你就不心疼，还有我咳嗽的毛病还不是你们给打出来的。"我边说边咳。妈妈低着头没有说话，我也停了下来，我想也不能把妈妈逼急了。

趁妈妈不在时，我也跟继父进行了一次详谈："叔叔，妈的出发点也是为了这个家好，说实在的她很珍惜与您的这段婚姻，所以才有点患得患失。不管怎么样，我和弟弟都相信您不是那样的人，我们也都是站在您这边的。不过，为了这个家请您宽容一下妈妈，好吗？"我知道家庭战争突发时，以柔克刚是最有效的方法。

妈妈和继父终于和好如初了，那几天我却过得如履薄冰、战战兢兢。夫妻生活哪有不摩擦的，可关键是妈妈的脾气怪异又暴烈，还喜欢独断专行，不是逆来顺受的人是受不了的，我不知道耿直倔强的继父还能再忍她多久。

（二）

为了缓解继父和妈妈的婚姻状况，更为了方便照顾两个老人，我放弃了高薪高职的工作，还有热恋中的男友，进入南宁一家电脑公司里面上班。

一天晚上，继父去朋友家彻夜不归，让我们担心了一整晚。妈妈一直怪他连打电话都没有打回来，可继父说当时打了，可是谁知道家里的电话停机了，所以放弃了。这是事实，本来解释一下就算了。可妈妈得理不饶人，她硬说继父是有组织没纪律，只知道在外面鬼混不回家。继父一听妈妈无理取闹，竟也赌气："我就是想外出鬼混，外面没有你这样唠叨的人，我乐得清静！"

这下把导火线点着了，妈妈气得全身发抖："好啊，你嫌我烦，那么我就成全你……"她边说边冲到厨房里，出来时手里多了一把刀，手腕上鲜血直冒。我哭着喊着，可妈妈红了眼似的，拿着刀乱挥，我的脸颊也划了一下。还好周末弟弟回家，与继父一起两个人才把她给稳住了。

我赶快找来纱布帮妈妈包扎，还好伤口不是很深，没有造成大碍。妈妈这种自残的老毛病，很久就有了。有一次她和爸爸吵完架，偷偷吃了一瓶安眠药，幸好发现及时，所以才没有酿成大祸。以后只要他们吵架，我和弟弟都紧跟着妈妈不放，不敢去学校上课，怕她又做傻事。那时我们总是提心吊胆，连睡觉都想睁着眼睛。

爸爸和妈妈吵架后，他经常会借酒消愁。一天，他喝酒完回家，终于从桥上跌了下去。到今天想起那惨不忍睹的样子，我的心肺都有一种被撕开的感觉，那种痛遍及全身，爸爸全身被水泡得发肿，指头的关节处都被折断了，露出了里面的骨头，双眼怒张，一个酒瓶被扔出了很远很远……天意弄人啊！爸爸不可避免地成了他婚姻中的牺牲品。

现在看到妈妈与继父吵架的样子，我就想起以前惶恐不安的日子，还有爸爸体无完肤的样子。往日的阴影，痛彻心扉。生命是那么可贵，可为什么有的人却喜欢玩弄它呢？二十几年来我一直不能从失去亲人的疼痛中解脱出来，回想往日如噩梦重现。我不知道下一个重蹈父亲后路的人是谁？是妈妈，是继父，还是我？

我知道要制止妈妈这种自残的行为，只有让她脱离出来，如果她跟我的角色反转，体会到我的感受，或许她就可以痛定思痛。是的，我要以其人之道来还治其人之身，这次吵架的女主角该是我了。

寒假又到了，任教师的未婚夫如松来到了我们家，他也是我这出戏中的关键人物。腊月二十八，他才来到南宁的第二天，就提出要我和他回去过年，我不同意。两个人就以谁的家人重要，谁的话有理发生争吵。那天我跟发了疯似的，把家里的东西全砸了，还把如松的脸抓得跟猫一样。他也终于"怒"了，他骂我"泼妇"，并要跟我断绝关系，从此两不相犯。晚上九点多，他收拾好东西，准备第二天一早就回家。

我一不做二不休，打开门狂奔而去。山城的夜冷得让人牙齿打颤，年近年关每家每户都在举杯同庆，而我却不得已一个人徘徊在寂寞无人的街市，备感凄凉。我知道当一个人心生怨气时，外界的一些因素已经感受不到了，但深爱我们的家人却会为此心酸、担忧万分。这是在折磨谁，如果不是自己，便是爱自己的人了。

人啊！心灵的桎梏才真正是罪恶的源头，放开点、从容点，一切痛苦和烦恼才会远去。

凌晨三时二十分，我按原计划来到了桥头。五分钟后妈妈和如松终于一起来到了这个地方，我看到如松，生气地就要往下跳，妈妈急得痛哭失声。她一个劲地求我，求我不要做傻事。站在桥上我也哭了，真正地哭了，这个地方就是十年前爸爸葬身的地方啊！

我说："妈妈，还记得这个地方吗？这是爸爸去世的地方。这二十几年来，我一直生活在你们悲惨婚姻的噩梦中，一直闷闷不乐。只是没有想到，我自己也走到了这一步，我不想活了……"

"不！你爸爸一定希望你快乐到老，不希望你这样的。没有解决不了的问题，你不要再做傻事啊！孩子你听我说！……"妈妈几乎快要跪下来了。我看到她的样子我不忍了，可是有时最毒的药也有最好的疗效，不是吗？

"有什么好说的。"我有点歇斯底里，"妈，你以前和爸爸吵架不是老用死来解决问题吗？现在你和继父吵架也是用这样的方法，不是吗？这都是你教我的，都是你教我的。如果我真的死了，也是深受你平日的影响。"我的话有点过头了，可不这样就震撼不了妈妈，我要让她痛改前非。

我攀坐在桥头，有惧高症的我慌得全身发抖。如松怕我太入戏，紧张得要死，在那边又急又跳的。妈妈更是惊慌失措："妈以前是在闹着玩的，以后再也不会了，你别学呀！是妈不对，是妈错了，你快下来好不好，妈求你了！妈真的错了……"

我们就这样僵持了半个小时，利用这些时间，我要让妈妈知道，过去的阴影一直深深地折磨着我，更要让她知道大人的一些坏行为会影响下一代，会产生一些无法弥补的负面影响……

妈妈的自残风波，从那天起终于止住了。而我也为我的"欺骗"行为付出了代价，我受凉发起了高烧，三天三夜。那些天，妈妈一直守着我，坐在我的床头直掉泪。我告诉妈妈，我们是世上至亲的人，为了让彼此生活得快乐一点，一些生活中的小过失我们都不应该去计较。妈妈点了点头，颇有体会："是呀！不要说为了自己，为了我们的亲人，我们都应该勇敢地活着！"如松站在妈妈背后，看着我们这对难母难女，眼中有泪闪闪。

（三）

10月1日是继父弟弟的儿子——我堂哥结婚的日子，一大早我和弟弟整好行装准备出发时，却发现房内传来妈妈与继父大声争吵的声音。怎么了，又有什么事？继父和妈妈经过上次的事件后已经极少发生争执，就算有什么非得"吵"的事，也是两个人关在房间里小声说。

"你上次说你前妻的妈妈病了，就给了五百。还有上个月你乡下的表哥孩子上大学，你借给了三千元钱，我也没有吭声，这次你又拿五千元借给你侄子，你是越来越过分了，我告诉你我的忍耐是有限的！"

"我不是怕你生气，没敢跟你说吗？再说人家结婚急用，一两个月就会还给我们的，又不是不给！"继父的声音很小。继父经过妈妈的自残事件后，性子改了不少，他知道跟妈妈说话不能硬碰硬当时能避则避，过后就比较好解决了。

"哼！说得好听！你的亲戚都是好的，我妈动手术那会儿

150

也没见你拿钱给她治病。"妈妈的声音越来越大。妈妈平时对我们姐弟和继父非常好，可是对爸爸、继父的亲戚都非常反感，爸爸有五个兄弟，为了帮他们成家立业，我们俭衣缩食，生活得一直不好，所以妈妈对婆家人一直是很痛恨的。爸爸去世后，叔叔们也经常接济我们，可是妈妈比较好强，再加上以前反目成仇，所以从来没有给过叔叔们好脸色，再后来妈妈与他们就不相往来。

继父走出屋外不想跟妈妈吵，没有想到他走到哪妈妈就数落到哪里。虽然这独角戏闹不成大事，但本来开开心心的一件事，全让妈妈那点脾气给搅乱了。我知道像这样夫妻之间吵点小架也是正常的，更何况妈妈现在正处在更年期，情绪不稳定。不过妈妈这么多年来的心结一直解不开，总认为世上的坏人多，我想再这样偏激下去对她的身体也不好，不利于修身养性！

正所谓心病还需心药医，几十年根深蒂固的心结，不是随便说说就能打开的。现在只有见机行事，让她感受到世间的真情，慢慢地引导她，才能把她从牛角尖里拔出来，让她顺利渡过更年期。

11 月，城西的一幢商品房正在搞促销，价格大幅度下调，妈妈很喜欢，就想趁这个机会订一套下来。妈妈看中的房子首

付要 10 万元，我们东凑西凑还差 3 万多，本来我想找如松借一下，可是他说他的钱刚被朋友急用挪走了，身上只有几千元。如松说他打电话给哥哥如林说一下，看他能不能帮忙想想办法。

几分钟后，如松打电话来说他哥哥会帮忙想办法的，叫我放心。

第二天早上七点多，门铃就响了，是如松的哥哥如林，他拿了二万元过来，妈妈拿着钱直向他道谢。如林说："就算是别人有困难，咱能帮也要帮呀，更何况小玲将来是我的弟媳妇，亲戚更要帮忙了，不要说见外的话。"那一番话把妈妈说得直点头，一个劲说还是亲戚好，还是亲戚好。如林走后，家里又来了客人，是继父弟弟的儿子。

原来他们知道我们家要买房子，不仅马上把继父借给他们的五千元钱拿来了，还帮我们找别人挪了一万元。现在凑足三万五，妈妈的房子简直就是唾手可得了。

他们走后，妈妈坐在沙发上整理相关证件，准备去房地产公司。继父走了过来："你现在相信我了吧，你看人家不仅把钱还给咱们，还替咱们借了钱。"我也想趁着这个机会"引导、引导"妈妈："妈，你看那天你跟叔叔吵，说他不顾家里人只想着别人，现在事实不是证明了一切，这世上还是好人多呢！

叔叔做事自有他的道理，我们也要顾全、尊重他的决定。"

"其实不管是叔叔的亲戚，还是我们的亲戚，人家都没有把我们当成外人，我们也要将心比心啊！有的时候您的脾气急了点，把自己气坏了又何必呢？凡事要往好处想，心放宽了，一切自然就顺了。"我动之以情晓之以理，再加上这些钱起催化作用，妈妈也显得特别不好意思，她说："是啊！还是亲戚好，还是好人多！"那天，一向居高自傲的妈妈居然主动向继父赔礼道歉，这真是开了先例啊！看着妈妈能够开始检讨自己的行为，变得心平气和，我心里真是高兴极了。

2月20日，29岁的我终于放心与如松走进了结婚礼堂。当婚车来接我时，我看到妈妈依在继父的怀里哭个不停，继父一直用手拍妈妈的后背："不能哭，女儿终于长大了，也有了自己幸福的家，我们要高兴！"继父叫别人别哭，自己的眼泪却流个不停："你放心去吧，你妈我会好好照顾的。"我点点头开始泪如雨下。我知道经过这么多次的转变，我们一家人也走得更近了。他是我的继父，我现在的父亲，把妈妈的晚年交给他，我有什么不安心的呢？

婚车远去时，我从后挡风玻璃看到，继父和妈妈相互搀扶着，直到从我的视线里消失。如松伸出手来，替我擦了擦眼泪说："傻瓜，别哭了，你知道我比你妈更心疼你的。"我抬起头来破涕为笑，想想这几年来为了父母而一再延误婚期，还有为此努力得到的结果，觉得欣慰极了。

爱你，就爱你的一切

"世上只有妈妈好，有妈的孩子像块宝，投进妈妈的怀抱，幸福享不了。世上只有妈妈好，没妈的孩子像根草，离开了妈妈的怀抱，幸福哪里找？"透过医院明亮的玻璃窗，一个二十五六岁的女子躺在病床上沉睡不醒。半年以来，这个十二岁的男孩每天都握着她的手，不厌其烦、一遍又一遍地重复着那首让人心酸不已的歌曲，那稚嫩的童声像一块清脆已断裂的玉，通透中有一种慑人心肺的忧伤与期盼。是什么让他如此执着？不放弃这个已经被医院断定为"活死人"的女人。她又是他的谁呢？他深情的呼唤能唤回游离于生命边缘的灵魂吗？……

（一）

陆萌第一次见到小刚是九月的一个下午，那是她和颜庭办完结婚手续后第一次去他家。颜庭是一个很重情义的人，他的妻子已经过世近十年了，但是他对她仍念念不忘，当然，他还要顾全到自己孩子小刚愿不愿意接受她。陆萌很爱很爱颜庭，为了让他接受自己，她等了整整五年，受尽非议，也将自己置于众叛亲离的地步。陆萌不在乎颜庭有一个不小的孩子，也不在乎别人怎么看，只要能和颜庭在一起，她愿意去做一切可以做到的事情。

陆萌依稀记得，当颜庭叫小刚喊她妈妈时，他正蹲在地上玩，那时他头都没有抬，只是用眼角稍稍瞄了她一下说："妈妈？我妈妈去了天国，她不是妈妈，是狐狸精！"然后，他当着他们俩的面残忍地把一个玩具超人的胳膊和大腿卸了下来，扔在他俩的面前。

陆萌听完这句话后愣住了，她不由仔细地打量着眼前这个十岁的小男孩，她看到他满脸都是野性的倔强，有两道浓黑挺秀的眉毛和一对乌溜圆滚的大眼睛，小模小样像极了颜庭，是一个相当漂亮的男孩。看着看着陆萌就喜欢上他，虽然他出言如此不逊，但是他是自己深爱着的颜庭的儿子，所以她坚信只要自己用心与他相处，他最终会接受自己的。

颜庭的妻子是三年前去世的，那时小刚只有七岁，而颜庭的事业才刚起步，为了专心创业，他将孩子寄养到千里之外父母那儿，直到今年决定和陆萌结婚时，才把他从老家接了回来。没有想到陆萌和小刚一见面，孩子对她的排斥这么大，为此颜庭很苦恼，生怕今年才 24 岁的陆萌不好当这个继母。反倒是陆萌不计较孩子对她的态度，她觉得爱颜庭就要爱他的一切，所以她决定无论如何艰辛，她都要坚持下来。

当陆萌搬进来的第一天，小刚就拿着妈妈的画像站在她的面前"虎视眈眈"的，陆萌停了下来，蹲在地板上问道："是不是不喜欢阿姨搬进来住呢？"小刚没有说话只是用眼睛恨恨地瞪了他爸爸一眼，然后哭着跑进了他的房间。门没有关，但是陆萌还是象征性地敲了敲，她坐在小刚的床上说："你这样哭，会把妈妈的画像弄湿的，让阿姨把它挂在小刚的房间里，这样小刚就可以天天和妈妈见面，妈妈也可以天天看见小刚了。好不好？"

小刚没有说话，但是止住了哭声，他仍然倔强地说道："我会让爸爸帮我忙，不用你这个狐狸精多管闲事。"陆萌听完后，从房间走了出来。一会儿颜庭拿着钉子和锤子进来，陆萌跟在后面手里拿着一束百合花，她默默地把它放在小刚妈妈遗像前，她知道小刚的妈妈生前最喜欢的就是百合花了。

隔天，陆萌看到客厅的垃圾筐里有一堆揉碎了的百合花，旁边的墙上还贴了一张纸，纸上写道：妈妈不喜欢狐狸精的东西。看着这样的纸条，陆萌的心情顿时暗淡，两行眼泪不由自主地流了下来。这时，颜庭走了过来从身后轻轻地拥着她："对不起，都是我不好，没有管教好小刚。"陆萌擦了擦眼泪说："孩子还小不懂事，更何况每一个人的妈妈都在自己的心中占有很重要的位置，这是正常的。现在，他不能接受我没有关系，为了你，我一定会努力的。"

本来这个家是他和妈妈、爸爸的，虽然妈妈不在了，可是为什么她能那么轻易在爸爸面前取代妈妈的位置呢？小刚记得妈妈在的时候，爸爸说他会永远喜欢自己和妈妈的，可是，现在爸爸就整天会跟那个女人在一起，还把自己赶出他的房间。

有着这样的思想，小刚的学习成绩越来越退步了。有一次，他竟然拿着 0 分回家，害得老师跟到家里跟颜庭投诉，气得颜庭当即举起手狠狠地刮了小刚一个耳光，小刚狠狠地瞪了爸爸一眼，从小到大，爸爸从来都没有打过他，都是这个狐狸精，都是她！小刚"哇"地大哭一声，他在心中更多了一层对这个继母的怨恨，他恨她。

（二）

"如果你们结婚的话，我就死给你们看。"婚礼的前一天小刚当着他俩的面说。可是大家都以为他要小孩子脾气，谁也不当真。可是就在陆萌与颜庭举行婚礼的那一天，酒席刚要开始的时候，小刚忽然不见了，陆萌猛地出了一身冷汗，拉着颜庭的手穿着礼服疯狂地找了起来。终于在颜庭家的楼下角落旁发现了沉睡的小刚，陆萌一摸小刚的额头好烫啊，两人急忙把他送到了医院里面去。经诊断，小刚得的是急性肺炎，挺严重的，紧急抢救后虽然已经脱离危险了，但是却仍然晕迷不醒。

怎么办呢？虽然小刚不是自己的亲生儿子，他也不承认她是他的继母，但是，孩子还小不懂事，陆萌的心却也感到确确实实地疼了起来，都是自己不好，没有做好与他的沟通工作，所以现在才会有这个局面的。当颜庭告诉自己，以前小刚生病的时候就喜欢听他妈妈唱《世上只有妈妈好》时，陆萌就拉着小刚的手，一遍又一遍地唱道："世上只有妈妈好，有妈的孩子像块宝，投进妈妈的怀抱，幸福享不了……"唱着，唱着，陆萌的眼泪就不由自主地流了下来，这样小的孩子受这样的罪，她不忍心啊！

恍惚中，小刚觉得好像是妈妈的声音，好亲切，好温柔啊！

可是爸爸不是说她去了天国了，是不是自己听错了。他努力地竖起耳朵，是妈妈的声音，是妈妈的声音啊！他不由睁开了眼睛，想寻找妈妈的踪影。模糊中他看到爸爸坐在自己的床前，还有妈妈。不！不是，妈妈，是狐狸精，是自己讨厌的狐狸精。可是，可是，为什么她的声音像妈妈的声音一样好听呢？

　　小刚终于出院了，可是他照旧叫她狐狸精，而且他还特别讨厌在他生病时，冒充妈妈的声音来欺骗自己的感情，反正他不喜欢她，不管她做什么事都觉得她特别虚伪，她想代替妈妈在自己心中的地位，没门！

　　有一次，小刚又和同学出去玩了，然后很晚才回家。回到家的时候，颜庭气得又痛打了他一顿，正当陆萌拉着颜庭的时候，小刚挣扎着逃了出去。当陆萌追出去时，小刚已经不知道跑到哪了。

　　整整一个星期过去了，陆萌和颜庭疯了似的找了起来，可是依然没有找到小刚的任何线索，两个人整天低头叹气的。

　　一天，陆萌又外出找起小刚，忽然间他看到了一个大概像小刚一样大的儿童在路边乞讨，他的双腿瘫了不能走，垢头垢脸的。顶着个大热天，小孩的背上和脸上全是汗水。看到这样，陆萌不由一阵伤心落泪，小刚离家出走那么久了，不知道变成什么样子呢？她走到旁边的小店里买了一瓶冰镇的矿泉水，然后又从身上掏出了五十元钱，放在了孩子的手中。小孩感动得当即流下了眼泪，因为乞讨了这么久，从来都没有人把他当人看的。他看到陆萌流泪，就问到："阿姨什么事呢？"陆萌把寻找小刚的事说了出来，"小刚……"那孩子迟疑了一下，想说什么，可是却突然止住了口。终于在陆萌的追问下，小孩终于吐露了一些让陆萌冷汗直冒的事情。

原来，小刚独自一个人从家里跑了出去以后，由于身上没有带钱，饿得头晕眼花的。后来，他喝下一个叫强哥的陌生男人的可乐后就睡着了。强哥是一个专门利用残障小孩进行乞讨的头目，为了获得自己的利益，他把一些无家可归的小孩弄残废，再叫他们进行乞讨，这样不仅小孩跑不了，而且收入还颇为可观。最后，小孩告诉陆萌小刚被关在一个地方，由于怕他逃走，强哥准备对他下手，让他也走上乞讨这条路。

陆萌听完这些话，顿时就急了起来，她问清了对方的地址后，一边掏出手机报警，一边往小刚被关的地方跑去。找了一会儿，她终于找到了那个小孩所说的地方，可是，当她赶到的时候，却发觉强哥拿着一把尖刀正准备挑断小刚的脚筋，由于门没有关她偷偷地走了进去，捡起了地上的扳手，一下子把没有任何准备的强哥敲晕过去。然后挑开绑住小刚的绳索，拉着他没命地跑。

当她们跑了一段以后，强哥就拿着刚才陆萌打他的扳手追了上来，眼看就要追上了。陆萌推了一下小刚说："快跑，我拖着他。"小刚看了看陆萌，迟疑了一下，然后没命地往前跑。

（三）

看着小刚跑了一小段，陆萌知道自己一定打不过身强体壮的强哥的，她想也没想就上前一把紧紧地抱着强哥的身子大声喊道："小刚，快跑啊！快跑啊！"小刚低着头没命地朝前跑，在自己快拐入一个墙角时，突然之间听不到继母的声音，当他回过头来，他看到微弱的路灯之下，强哥举起手中的扳手正往陆萌的头上砸去，一下、两下……，小刚看到鲜红的血顺着陆萌杂乱的头发直往下渗。

"妈妈！"小刚大叫一声，往回跑，可是就当他第一次向陆萌喊妈妈的时候，却是这样的凄厉，而这时陆萌根本什么也听不到了。她只是感觉一阵咸咸湿湿的东西直往下渗，而自己的眼前却越来越黑，然后什么也看不见了。坚持再坚持啊，她想小刚一定跑出很远了，终于她坚持不住了，她眼前一黑，然后便失去了知觉。

小刚的哭喊声很快将正在搜寻他们位置的民警引来了。当民警赶到现场时,发现陆萌死死地抱着强哥的腿已经不省人事,头皮被敲破了好几块,地上一大滩鲜血,民警马上叫来120,送陆萌到医治进行抢救。

当颜庭赶到医院时,他听到医生对自己说:"陆萌的大脑有严重的颅内损伤,导致她深度昏迷,她已经变成了植物人,无法挽救了。"并下了病危通知书。站在一旁的小刚反倒显得冷静极了,他坚定地说:"我相信妈妈会醒过来,一定会醒过来的,从现在开始,我要像当初我生病时那样,天天对妈妈唱那一首《世上只有妈妈好》。是我不对,我要用这首歌向妈妈认错,我相信她能听到的。"颜庭看到失而复得的儿子,再看看年轻的妻子即将失去生命,他心里一阵翻腾,竟连哭都没有力气。

"世上只有妈妈好,有妈的孩子像块宝,投进妈妈的怀抱,幸福享不了……"就这样,每当小刚放学的时候,他总是静静地坐在陆萌的面前,一遍又一遍地重复着这首歌,他知道妈妈能听到自己的忏悔声和呼唤声,她能醒过来的。

就这样,半年过了。一天,小刚又和往常一样坐在陆萌的身边，一次又一次地唱着《世上只有妈妈好》这首歌，突然间他看到陆萌的手指头轻轻地动了一下。小刚揉了揉眼睛，对爸爸说："爸！爸！妈妈的手有在动。"颜庭盯着妻子的手好半响，也没有什么动静，他叹了一口气对小刚说："傻孩子，你妈妈是永远不会再醒来了，你看错了。"

"妈妈永远不会再醒来，难道，难道她也要去天国吗？不！不！"小刚想到了为了让自己跑掉，陆萌用手死死抱住强哥被敲打时的情景。他的心中一酸，上前一把抓住陆萌的手大声地叫道："妈，妈妈，你快醒醒啊！妈妈，你醒过来，我再也不惹你生气了。妈妈，对不起，你醒过来再爱我一次，再爱我一次啊！"小刚绝望而又凄厉地叫着，泪水顺着他幼嫩的脸颊直往下掉，一串串、一点点全都滴进了陆萌的手里。

迷茫中陆萌感到自己掉进了一个深渊无底的古井，她听到有人在叫，好像是小刚的声音，她想逃出这个困境，可是却不知道怎么办？她伸出手，伸出了手……

"爸，爸，快看啊，妈妈的手又动了。"小刚再一次惊呼，这一次他真真切切地感觉到妈妈放在自己胸前的手轻微地抖动了一下。

"医生，医生……"颜庭这一次也看到了，他跌跌撞撞地跑出门去，口中大声地叫道。

主治李医生很快就到了陆萌的病床前，一番检查后，李医生抱着颜庭父子热泪盈眶道："奇迹，真是奇迹啊！"他看着小刚感动地说道："这就是爱的力量，是爱的力量啊！"

三个月后，陆萌病愈出院了，就这样医院里再也没有听到有人在唱《世上只有妈妈》的歌，可是他们的故事却变成医院里面一个非处方的特效医治疗法，许多人效仿。在这世上，只要将心声道出，那么就会像那歌一样好听。这世上也只有真正的爱情，才能爱他的一切，即使刚开始只有仇恨和排斥，但是爱情的力量可以让我们坚持下去，也可以让我们得到想要得到的一切。

母爱重如山啊！五年四易夫是人间最深沉的亲情

　　今年46岁的王玉琴是我见过母亲中最为伟大的，这位35岁就失去丈夫，柔弱无助的女人一生沧桑无比，为了抚养三个年幼的孩子成长，没有经济来源的她选择了嫁人这条路，可命运弄人，五年四次失败的婚姻并未为她的生活减轻重担，反而在她人生的道路上写下血痕斑斑的往事。最后，这位饱受命运与婚姻折磨的小女人，终于与命运进行抗争，在困境里挣扎奋斗的她最终走出了对婚姻的依赖，将三个孩子抚养成人，并向世人谱写了一曲深情无比的母爱之歌。

（一）

　　王玉琴本来有一个幸福美满的家庭，丈夫付良刚是种子公司的职员，温柔体贴，琴棋书画样样精通，婚后他们有了天云、天丽、天鹏三个天真可爱的孩子，每天晚上在美丽的晚霞中，付良刚总是在子女的逗闹下摆弄着各种各样的乐器，一家人过着和美相爱的日子。

可是 11 年前的一晚，36 岁的付良刚因意外离开了人世，王玉琴看着惨不忍睹的丈夫，昏死过去好几次，若不是身边三个年幼儿女的啼哭声牵引着她，只怕她也一同随丈夫而去了。

付良刚去世时，他们最大的孩子 9 岁，最小的只有 4 岁。几天后，付良刚单位盘查款项时，发现一笔上万元由付良刚负责的款项不翼而飞，他们查来查去最终把这个责任归咎到付良刚身上。料理丈夫的后事，王玉琴已经把家里的积蓄都用完了，现在根本没有能力归还这笔款项，几天后，由于还不起种子款，她的房子被查封了。

接连而来的灾难使王玉琴一夜之间白掉了大半的头发，大病一场后，王玉琴变得憔悴异常，神情恍惚。

王玉琴只好带着自己的三个孩子回到娘家，刚开始兄嫂并没有说什么，居住的时间久了，家里人开始给她脸色看。

这期间也有一些人上门给王玉琴介绍对象，只是他们都不肯接受她的三个孩子。许多人劝王玉琴把小孩送给别人，再找一个婆家好好地过日子，但是都被王玉琴拒绝了，在她眼里孩子比自己的命还要重要，如果对方想娶她就不能嫌弃他们。

看到王玉琴久住在家里，没有外嫁的意思，王玉琴的哥哥在嫂子的怂恿下竟把她所有的东西都搬到了马路上，并要她们离开这里。嫂子还当着众人的面对王玉琴破口大骂，说她死赖在别人的家里，不知羞耻，无助的王玉琴只能抱住惊慌失措的三个儿女号啕大哭。

被紧紧相逼的王玉琴感觉到自己走到了绝路上，面对着几个未谙事理的孩子，她几次忍住轻生的念头，有几次兄嫂硬要把孩子送人，免得拖她的后腿，每次王玉琴都哭着把孩子从他们的手中抢了下来。

秋天，别人给她说了一门亲事，那个男人叫胡林松，妻子几年前病死了，老实巴交的，家中环境不错，最主要的是对方不嫌弃自己的三个孩子。王玉琴一听觉得条件挺好的，但和对方见面后，发现胡林松已经五十多岁了，比自己大二十岁，看着和父亲差不多的男人和面黄肌瘦的三个孩子，王玉琴咬了咬牙把自己给嫁了。

对方果然是好人，刚开始半年里，他不仅给孩子们找到了学校，还给他们添了不少新衣服，望着脸色渐渐红润的儿女，王玉琴吐了吐气想，自己的担子终于减轻了。

一年后，胡林松外出打工的儿子胡小明带着女朋友回家了，当天晚上家里闹翻了天，胡小明指着自己的父亲破口大骂说自己什么时候多了个后妈都不知道，又骂王玉琴勾引老男人。

一天，趁父亲胡林松外出时，胡小明要王玉琴马上离开他的家，并拎起6岁的小天丽朝外塞。王玉琴看着双腿被吊得老高、快喘不过气的女儿急了，她像发了疯的狮子，冲了上去抓住胡小明的手狠狠地咬了起来。被咬痛了的胡小明抡起拳头死命地朝王玉琴头上挥去，顿时，王玉琴被打脸青眼肿、鼻血直流。要不是左邻右舍赶过来把胡小明拉开，恐怕王玉琴又要上鬼门关走一回了。

回家后的胡林松当场被气得老泪纵横，捶胸顿足，最后，却拗不过儿子的威逼，叫王玉琴从家里搬出来。

两天后，王玉琴搬到了一个废弃仓库里，她不敢回娘家，她怕兄嫂把她的孩子送人。

那是一个年久失修的仓库，下雨的时候外面的水直往里灌，房顶上的雨水把屋里的东西都淋湿了。每当风雨之夜房屋摇摇欲坠，王玉琴总是抱住吓得浑身发抖的儿女不知所措。

那样的房子根本就没法住人，在旁人的介绍下，王玉琴只好又一次选择嫁人。

对方叫李大顺，开了一个小饭店，四十岁，几年前妻子和他离婚了，有一个十三岁的儿子，家里还有一个母亲。王玉琴嫁给对方后，从早上六点开始到凌晨两点总要在店里帮忙，她把自己的三个儿女放在家里交给婆婆陈金喜照顾。

有一天，王玉琴回家后，发现大女儿天云有好几天没有完成作业，有时白天见到她也无精打采的，王玉琴以为她贪玩不认真念书，就狠狠地打了她一顿。而二女儿天丽身上竟有好几处伤痕，问是怎么回事，她却只会哭说不出个所以然来。

一天中午，由于店中的客人较少，王玉琴就偷了空回到家中。刚进门时，她发现天云冒着大太阳正站在洗衣池旁洗一大堆衣服，她正想开口说话，突然传来天丽的哭声，走到厨房一看，天丽脚边一个直冒热气的开水壶倒在地上，而自己的婆婆陈金喜劈头盖脸地打骂天丽。王玉琴顿时明白了怎么回事，她上前抱住天丽时，心疼地发现开水已经把她的双脚烫了很多的水泡。

王玉琴一把拖过正在洗衣服的天云生气问道："这些事，你为什么不跟妈妈说？"天云说："这些事我们都能做，我们不想让妈妈操心，也不想让妈妈和奶奶吵架。"王玉琴抱着懂事的女儿，眼泪顺着脸颊流了下来，心中的火突地冒了上来。

当天，王玉琴和婆婆大吵了起来，泼辣的陈金喜竟上前抓住王玉琴的头发，把她的头直往柱子上磕，三个孩子见到后全围了上来，对陈金喜咬的咬、抓的抓。正在这个节骨眼上闻讯而来的李大顺回到了家中，陈金喜立即冲到了儿子身边大哭大闹："你的媳妇趁你不在时，想把我打死，可怜我二十岁就守寡，把你拉扯大，却还要受你们的罪。"

陈金喜对儿子说如果不把王玉琴赶出家门的话，就一头撞死在这。为了平息这场混乱，深知母亲脾性的李大顺只好叫王玉琴暂时搬离出来。王玉琴带着三个孩子和一大包衣物心灰意冷地回到了旧仓库。

天丽自从那次惊吓竟有了心理障碍，夜里老是做噩梦，看到老妇人和开水壶就会吓得全身发抖，直冒冷汗。王玉琴看着神情恍惚的天丽，心中悲痛异常，当李大顺要来接她时被她严词拒绝了。

一个月后，他们终于为自己短暂的婚姻画上了句号。

（二）

每天华灯初上，家家户户正在享受天伦之乐时，王玉琴却拿着菜篮子上菜市场，她要去菜市场捡一些菜叶给她和孩子们充饥。在那个时候王玉琴总有一股扼杀自己的冲动，为什么自己那么没用，现在连三个儿女的温饱问题都解决不了。

　　每次王玉琴都是最后一个吃饭，有时一天只能吃一餐，有几次王玉琴把凉水当正餐。

　　严重营养不良的王玉琴在一次外出中终于晕倒，被人送到了医院。当医生开出一大堆补品给王玉琴时，她却摇了摇头说："对不起，忘了带钱。"然后哭着走出了医院。她知道自己不是没有带钱，而是身无分文呀。

　　眼看寒假快过去了，可是自己身上根本就没有钱给孩子们报名上学呀！当她牵着三个孩子到学校报名时，因为没有钱交学费被拒绝了。

　　王玉琴带着孩子们来到了学校的门口，她叫天云把自己的情况和困境用粉笔写在了水泥地上，请求好心人的资助。在寒风凛冽的天气里，王玉琴直挺挺地跪倒在学校门口，每一个报名的家长经过，她就向他们磕一个头。没有几分钟，王玉琴的头磕破了，鲜血直往下流。看着这几个多灾多难的母子，许多家长都不禁掉下了眼泪。一会儿，有一个人拿出了身上的五元钱放在她们的面前，一个，两个……渐渐地她们面前的钱开始多了起来。

　　王玉琴捧着那一张张皱巴巴的纸币，高兴地哭了起来。当她把钱放在口袋里，站起来准备去报名时，脚下一软，竟再一次昏了过去。

当天丽叫来校医要为她医治时，王玉琴醒了过来，她一把推开了校医连声说自己没事，然后跟跟跄跄地拉着孩子们的手，直奔学校里面，天黑前她必须把三个孩子的名给报上。

学费是解决了，但是，以后三个孩子的费用应该怎么办呢？正当王玉琴一筹莫展的时候，又有人又给她介绍了一个对象，对方叫孙成友，妻子几年前跟人家私奔了，没有小孩，父母已经在几年前去世了。王玉琴和他见面后，发现对方长得尖嘴猴腮的，不太像好人。但媒婆说："人不可貌相，长得难看的不一定全是坏人，况且对方没有小孩，也没有父母，就不会出现上次的情况了。"王玉琴想想也对，于是就同意了这门亲事。

嫁过去以后，王玉琴才知道孙成友不仅好吃懒做，而且还喜欢赌博，他的妻子就是因为这样才跟人家出走的。虽然这样，但是有栖身之处，三餐也有着落，日子就凑合着过吧。

可是渐渐王玉琴发现孙成友赌输回来就打人，有好几天王玉琴被打得皮开肉绽，可是为了让自己的孩子能上学，不要在外餐风露宿，王玉琴偷偷地哭了好几回，强忍下来。

有一天，孙成友突然拿出钱来说要带小天鹏上街买玩具，可是晚上的时候只见孙成友回来，小天鹏却不见了踪影。王玉

173

琴急了起来，向孙成友逼问小天鹏的去处，孙成友支支吾吾地回答说在朋友家玩几天就回来。王玉琴突然想起，几天前邻居说孙成友好像输了几千元的赌款，债主说不还钱就要把孙成友的指头砍下来。

他把小天鹏带到哪去了？会不会……会不会把他卖了。王玉琴打了一个冷战，横了心拿起菜刀在门上乱砍："孙成友，你这个王八蛋，今天要不说出天鹏的下落，我就先把你砍了。"王玉琴凶神恶煞的样子把孙成友吓得连退好几步，他战战兢兢地说到："天鹏被我卖了五千元，钱全都在这儿，分给你一半好不好？"

王玉琴差一点晕了过去，她一把举起了菜刀把家里的开水壶劈成碎片，她说："告诉我地址，要不然今天咱俩就死在一块。"最后，孙成友说把孩子卖到了离本地五十里叫罗溪的人贩子那儿。

深夜十二点多，外面正下着倾盆大雨，王玉琴拿起一个手电筒、抢过那五千元钱便钻进了雨里。半路上，王玉琴在湿滑泥泞的地上狠狠摔了一跤，手电筒被扔出老远。泥水满身的她爬了起来，好久才摸到那一把手电筒，但是它已经被摔坏了。风雨交加中，王玉琴一步三趔趄，摔得浑身青肿，每踏出一步双腿便疼痛万分。一道闪电划过，跌坐在地孤单无助的王玉琴擦了擦眼泪，脑子只有一个念头：千万要在小天鹏被转手前赶到那儿。

几小时后，王玉琴找到了那个人贩子的家，对方不肯把孩子还给她，逼得王玉琴拿着菜刀又是一阵乱砍，看着这个发了疯的女人，对方害怕了，他们把房门紧紧关住不让王玉琴入内。

王玉琴在屋子外面大声哭喊，凄厉无比的声音，很快引来了许多围观的人，在人们围涌指责下，人贩子才不情不愿地将天鹏还给王玉琴。

抱着哇哇大哭的小儿子，王玉琴的眼睛里开始充血了。回来后，她把菜刀扔在了孙成友的面前说："狗日的，我们离婚！这样的日子不过了。"

离婚时，王玉琴得到了五百元的生活费。

王玉琴知道这一点钱根本就不够天云和天丽的学费，而且明年小天鹏也该上幼儿园了。自己的体质一天比一天差，经常头昏眼花，不知道能撑到什么时候。

王玉琴在别人的指引下，到批发市场批了点小商品，并在离家不远的地方摆起了地摊。因为街道不准随乱摆摊，有好几次王玉琴被城监大队的人追着跑。一次城监大队的人追到了她，

不管她的哭喊请求，把她的东西当面全毁了。

王玉琴不能摆地摊，她只好把东西放在篮子里到处叫卖，这样每天的利润只有几元，有好几次她扔掉篮子坐在路边号啕大哭，过路人都以为她是疯子，远远地绕开她。

那个期间有个男人一直在默默地关心她，他叫李源，湖南人，两年前家里发了大水，把所有的东西都淹没了。于是，他带着妻女外出讨生活，结果他们乘坐的汽车翻入河中，女儿被淹死了，妻子却连尸体都找不着，但，他却侥幸捡回了一条命。

李源在一家建筑工地里做工。那一天，他上街买东西，发现王玉琴拿着被城监大队踩烂的东西在路边哭，心里升起了一种同情心。当他听完王玉琴的遭遇，这一个铁铮铮的汉子眼睛红了，他扶起眼前瘦弱的女人，一种爱怜之心油然而生，他决定照顾眼前这个女人。

李源温柔体贴，会关心人，大事小事总是抢着做，他还非常喜欢王玉琴的孩子，没事的时候会辅导他们做功课，逗弄他们。

很快王玉琴和李源组成了一个幸福的家庭，和李源生活的那些日子里王玉琴仿佛觉得付良刚没有死，就在身边照顾她。

（三）

正当王玉琴生活稍为稳定时，她发现最近老是有一个女人在他们租住的地方探头探脑，王玉琴心中充满了疑惑，当那个女人再一次出现时王玉琴截住了她。

那个女人说王玉琴家里有个男人很像他失散的丈夫，她怕认错人所以只好躲在门口偷看。当她说出"李源"两个字时，王玉琴险些昏倒，原来……原来李源的妻子在那场劫难中没有死，她被水冲到几百米外的岸边，是当地的居民救了她。等她康复时却找不到自己的丈夫，两年来，她边要饭边寻找他。

当李源回来见到那个女人的刹那间，王玉琴知道自己与他走到了尽头，因为李源抱着眼前的女人喜极而泣时，那一种生离死别后的重逢让王玉琴也不禁落泪。

明白事理的王玉琴哭着把李源的手放在了那个女人手中。男人是别人的，自己不能争。李源与那个女人走后，王玉琴坐在自己租住的门口默默地流泪，她不知道自己前世造了什么孽，五年内嫁了四次却不能有一个好的归宿，灾难与折磨总是如影随形！

眼泪无法解决眼前的难题，自己才是孩子们唯一的救世主，王玉琴挺了挺腰决定不再依靠男人，向命运挑战！

地摊不能摆那么捡破烂总不违法吧，于是，王玉琴背起了行当，开始了捡破烂的生涯。

有一次王玉珍发现一家门口的马路上扔着个啤酒瓶，当她走过去要捡的时候，突然从门里跑出一条狗来，那只狗凶得很，直追着王玉琴不放，可怜的王玉琴只好大声呼救。里面的女主人应声出来后，竟没有喝止那只狗，反而示意狗咬她。那只狗撕破了王玉琴的裤子，并在她的脚下狠狠地划下了几道血痕。

受着这样的羞辱，王玉琴真想大哭一场，但是，想到家里的困境，想到三个孩子楚楚可怜的眼神，王玉琴擦了擦眼泪，拖着受伤的脚一拐一拐又开始上路了。

捡破烂的日子不仅又脏又累，更要经常受人家的辱骂，王玉琴有时都觉得自己还不如一条狗，那狗急了还可以咬人，可是自己只能忍气吞声。

有一天，一位远房的亲戚说自己在郊外有几亩荒地，问王玉琴要不要。王玉琴想种一些地至少能保障三餐的伙食，耕作之余还是可以捡破烂的，于是，就要了下来。

春天第一个耕作的日子，王玉琴的秧田里飞虫遍布，缺乏耕作经验的她便自行到农药店买了一种别人介绍的农药，才喷洒几分地，她的头就开始昏昏沉沉、全身发抖，一会儿便虚脱晕倒在田中，在旁人的护送下她回到了家里。

王玉琴农药中毒了，但是，上医院势必要住院打点滴，为了节省开支，王玉琴只得硬生生喝了好几大碗盐水来解毒。到现在王玉琴也忘不了那盐水的滋味，又咸又涩和强咽下去后割喉般的疼痛……

王玉琴又是种地又是捡破烂，没日没夜地劳作，终于她有了一点点积蓄。于是她购买了一套餐具和一辆三轮车做馒头卖。每天很早的时候，王玉琴踩着三轮车一路地吆喝着，孩子们则在一边帮忙推车、收钱。

看到别的孩子有漂亮的衣服和玩具，可是天云和天丽却要用瘦弱的肩膀帮母亲承担家庭的重担。每当王玉琴看着身后女儿推车的身影，心里面酸酸的，总想抱着她们痛哭一场。

日子一天一天过，转眼间王玉琴的三个孩子都已经长大了，学习成绩优良的他们还被学校减免大部分学费。

在他们的努力下，王玉琴又攒了一点钱自己开了一家饮食店，虽然收入不是很高，但是，却足以维持三个孩子的学费和部分家中开销。

天云高考取得了良好的成绩，被北京一所大学录取了；天丽也考上了本市的重点高中，就读初中的天鹏成绩也是名列前茅的。

　　望着自己都长大的儿女,学习成绩优异,饮食店的生意也越来越好,王玉琴欣慰地告诉笔者,人不可能一辈子靠别人,从逆境中寻找自己的方向才是最最关键的。每一个人都有不幸的时候,依靠自己才是唯一的出路。

至死不渝的爱情啊！你为何只是丰厚嫁妆诱发的骗局？

在福建沿海经济开放区——晋江有一些当地人嫁女儿的嫁妆少则十几万，多则上百万。一些为父母者为满足女儿风光出嫁的虚荣心，不惜倾其所有、负债累累。初中文化的丁小茹（化名）为得到同在一家私企打工上司的爱情，筹得大笔嫁妆风光出嫁，她不惜以死向家庭施加压力，逼迫双亲远离他乡打工，终于致使劳累过度的父亲因意外客死他乡、母亲终身残疾、神志不清。谁知结婚当晚，曾经情意绵绵、体贴关怀的上司新郎清点并不丰厚的陪嫁后，竟对她大打出手，尔后另觅他欢，两人的婚姻刚开始就夭折。父母五年筹备嫁妆的打工岁月啊！给丁小茹留下的是一幕幕涕血的、不堪回首的往事……

（一）

丁小茹出生在闽南经济开放区——晋江的一个城镇，受着当地腾起经济的诱惑，初中毕业后她就迫不及待地加入打工族的行列当中：在服装之城——石狮市的一家服装公司做总台接待员，主要的职责就是清扫办公室，倒水接客之类的工作。

5月5日，公司新来了一个叫白杨的行政办公室经理，27岁，大专生，江西人。对于新来英俊斯文的上司，丁小茹从第一面开始就对他产生了好感，把他当成自己的白马王子。但是，她知道自己长相平庸、没有什么文化，又只是一名小职员，所以在日常与他工作交往当中，只是把自己的情愫暗暗地藏在心里，没有表露。

国庆节，公司在食堂里面宴请所有的员工，不胜酒力的丁小茹几杯啤酒下肚，整个人便开始晕乎乎了。到公司康乐楼时，借着酒劲，她摇摇晃晃地来到白杨的面前，邀请他和自己唱一段卡拉OK，但是却被拒绝了。众目睽睽之下，丁小茹颜面尽失，那个时候，她几乎想在地下挖个洞钻下去。

对方越是这样逃离自己，丁小茹的心就越向他靠拢，她觉得白杨就像是天上的月亮，诱人却遥不可及。

3月的一天，丁小茹所在的公司在泉州人才交流中心举行一个招聘会，白杨叫丁小茹到会场帮忙。傍晚会场散后，丁小茹与白杨乘坐公司车回公司的途中，突然丁小茹收到母亲发来的传呼消息：奶奶快不行了，马上回家！
为了见奶奶最后一面，丁小茹急忙叫司机送自己回家。
丁小茹借住在安海镇的一座小别墅里，那房子是她们家一个在
外地做生意的亲戚的，他们怕房子久了没有住会变得脏乱，还
有一些家用电器会丢失，所以就免费借给丁小茹一家居住，以
便帮他们看护物品和管理房子。

当丁小茹在那幢豪华的建筑物前下车时，白杨的眼睛亮了
起来，一丝让人不易察觉的笑容从他的脸上一闪而过。

当天丁小茹的奶奶就去世了。一个星期后当丁小茹上班
时，她发现自己的上司白杨一改以前对他冷漠的态度，不停地
安慰自己，还给父亲打去电话表示慰问。一个月后的晚上，白
杨还邀丁小茹一同上街散心，受宠若惊的她一下子忘记了失去
奶奶的悲痛，与他双双在街上徘徊。不知不觉的白杨的手已经
紧紧握住了丁小茹的手，在他的掌心中，丁小茹沉浸在甜蜜与
幸福里，竟忘了前后那么大的悬殊。

一天，白杨约丁小茹外出时突然问道："你们家有那么大
的别墅，为什么还要出来打工呢？"丁小茹被突如其来的问题
问呆了，为了不失去自己喜欢的人，她编造了一个谎话：原本
家境是不错的，由于父亲做生意亏本了，所以，自己才被迫外

出打工的。

白杨听完丁小茹的话似信非信，后来他找丁小茹的同事兼同学小陈调查情况，得到了对方的证实。殊不知小陈已经被早有准备的丁小茹收买了。

白杨与丁小茹正式确立了恋爱关系。心怀不轨的白杨，为了表明自己真爱丁小茹，他处处显示出一个大男人的关怀与体贴。只要丁小茹想吃什么东西，就是三更半夜也会出去买回来；只要丁小茹一头痛脑热他就马上陪她到医院里面看医生。不知内情的同事都妒忌丁小茹丑人有丑福，遇到了这么一个知冷知热的男朋友。

白杨越是这样关心疼爱自己，丁小茹的心里越是没有底。每当她自己独处的时候，都有着一种梦醒的感觉，她害怕有一天白杨会从自己的身边离开，如果真是这样自己将不知道如何生存下去。同时，她也知道自身的一些条件并不优越，白杨与自己的交往或许是因为自己曾经是一个"富家女"。为了稳固自己在情人心中的地位，丁小茹总会有意无意地搬出当地人嫁女儿都会有大量嫁妆的"事实"。

正月里，丁小茹带白杨和公司的同事到自己借住的别墅里。在那个豪华气派的客厅里，同事李小姐打趣地问道："听说晋江这一代嫁女儿嫁妆都是几十万，不知道小茹出嫁会陪嫁多少呢？"丁小茹的父亲丁建成开玩笑地说："我就这么一个女儿，我想如果我不拿出个二三十万，就太对不起她了。"说者无心，听者有意。当丁小茹侧过脸去看白杨的时候，分明看到他听到自己父亲的话后喜笑颜开。那时，丁小茹的心充满了困惑与不安，深深地为自己的未来开始担忧，她在心里盘算着如何才能让父亲说出来的话成为事实。

在回公司的路上，丁小茹问白杨："你以后会不会娶我呀？"

白杨信誓旦旦地说："你是我的小天使，如果能娶到你是我今生的福气。"

"如果以后我们家拿不出太多的嫁妆的话，你会不会嫌弃我呢？"小茹试探地问道。

"……，我怎么会嫌弃你呢？你……太傻了！"白杨的回答没有了平日里的干脆利落。

听着白杨犹豫不决的话，丁小茹的心一沉再沉，她觉得要稳固自己与白杨的爱情，唯一的出路就是准备一笔丰厚的物质基础。

（二）

回到家里，丁小茹鼓起勇气问父亲自己出嫁时能有多少嫁妆。丁建成叹着气告诉女儿，家中没有什么积蓄，可能不能像其他人嫁女儿那么风光。她听完父亲的话失望极了，她看着白发渐生的父母，心中乱成一团。

她失魂落魄地回到自己的房里，一想到如果自己没有钱的话，白杨一定会远离自己的，没有他自己怎么能活下去呢。既然早晚都是死路一条，不如现在就了结自己吧！她拿起桌上的水果刀，闭着眼睛朝自己手腕狠狠地割了下去。

觉得女儿神情有异的宋秋玉偷偷注意她，她发现丁小茹的房门久叩不开时，就叫丈夫把女儿的房门撞开了。当丁建成夫妻两人看到唯一的女儿躺在血泊当中，竟吓得双双失声痛哭……

还好他们及时发现，丁小茹才没有大碍，不过她的这个举动也把丁建成与宋秋玉吓得半死，他们知道女儿的心病在自己的嫁妆上。为了解除女儿的后顾之忧，没有一技之长，又没有做生意资本的他们做了一个决定，那就是到比泉州经济更好的广东打工。

丁建成与妻子宋秋玉打点了一下简单的行李，对丁小茹说自己要到广东做生意，等她要结婚时，一定会给她一个惊喜的。丁小茹听完父亲的话，心中一阵狂喜，仿佛美好幸福的未来就在眼前。

丁建成夫妻到广东后找到自己的表哥李刚，叫他帮忙看看有没有赚钱比较快的工作，苦一点累一点都没有关系。李刚想了想说，最近自己住的那个城道环卫处正在招掏粪工，要求会开拖拉机，能吃苦的，自己可以帮忙问问。丁建成一听自己刚好会开拖拉机，而且为了女儿什么苦他都能吃，他央求表哥一定要帮自己的忙。

李刚果然不负丁建成所望，当天就把那份工作给搞定了。当丁建成来到那辆拖拉机面前时，一阵阵恶臭迎面而来，他忍不住蹲在地上吐了起来。本来他想扭头便走，可是一想到女儿血淋淋的手腕时，他强忍了下来。

这还不算苦和累，顶着三十几度的高温，站在三化厕粪池旁，那种恶臭更让人难以忍受，他只好捂着鼻子将输送管"扔"进了粪池里。工作完成后，丁建成也浑身湿透了，顶着又湿又臭的身子走回出租房的路上时，许多人看着他都远远地捂着鼻子，直吐口水。那天，丁建成足足用了半块肥皂才把自己的身子和衣服洗干净，好几天吃不下一口饭。

　　宋秋玉由于没有知识文化，再加上她又瘦又矮的，一直没有公司肯招用她。好不容易在一个同乡的帮助下被一家粮食公司录用为搬运工，可是上班的第一天，搬运工组长一看她那副弱小的样子，就叫她办理离厂手续，宋秋玉哭着求他好半天，就差一点跪倒在对方面前，才免于辞退。

　　由于她们的工资是计件的，搬得越多工资就越高。每次一上班的时候，她就像是抢饭似的，飞快地搬了起来，只有当自己实在挺不起腰的时候，才勉强让自己休息一下。宋秋玉毕竟年纪大了，一百斤一袋的粮食搬起来颇为吃力，一个月下来累死累活的也只能领到700多元。

　　每当夫妻俩一下班，累得全身的骨头都像被拆掉了，有的时候竟连晚饭都没有吃倒头就睡。每年春节的时候，两人考虑到春运的时候路费昂贵，到家后还有一些俗事缠身，就留在了广东过年。

　　7月，丁小茹应邀到远在江西南昌的白杨家做客。吃饭时，白杨的母亲有意无意地提起，白杨在大学就读时有许多女大学生倒追他，要配得上他们家白杨的女孩，没有才也要有财。她一脸虚笑地告诉丁小茹，她为自己的儿子能交到这样有"实力"的对象而高兴。丁小茹听到这些话心里面难受极了，她想到如果有朝一日白杨知道自己一无所有，不知道会如何对待自己呢？

　　回到家后，丁小茹给远在广东的父亲打去了电话，询问生意进展如何了？丁建成在电话里告诉女儿自己已经赚了四万元了，到时候一定可以让她风风光光地出嫁。丁小茹一听只有四万元，如同掉进冰窖一般，从头冷到脚，一声不响地把电话挂了。丁建成听着电话里面的嘟嘟声直着急，当他再次接通女儿的电话时，丁小茹对父亲大声哭道："别人的女儿出嫁至少也有几十万元，我的嫁妆只有四万元，到时叫我怎么见人呢？为什么我要出生在这样穷的家庭当中？我不活了……"电话这头的丁小茹已经失去了理性。看到女儿情绪这么激动，丁建成向女儿保证自己一定努力想办法赚钱，叫她不要胡思乱想。在父亲的安慰下，丁小茹的情绪才稍微稳定。

　　在广东打工的丁建成夫妻为了节约开支，整整四年的春节都在自己的出租房里度过，把车旅费硬生生地省了下来，他们没有添置过一件新衣服，也极少为自己做一顿可口的饭菜。而沉迷在"爱情"中的丁小茹，竟完全不能感受父母的困境，只是一味地打电话要父母多赚一点钱，交谈中以轻生的字眼给父母施加压力。

（三）

接近年关，白杨向丁小茹求婚，他告诉她说希望能在正月里正式与她结婚，丁小茹听完，知道自己苦恋的爱情终于有一个结果高兴极了，她兴高采烈地打电话把这件事告诉父亲，还暗示父亲要加大赚钱的速度，不要让自己失望。

一天，丁小茹突然接到表叔打来的电话，说自己的父母出事了，要她马上赶到广东。

原来丁建成夫妻为在女儿婚期前多赚一点钱，在原有的工作上又找了一份活：每晚到夜市里摆地摊，卖一点小商品。

一天晚上三点多，他们收完摊子后困得眼睛直打架，在路过一个十字路口时，竟没有注意到一辆小货车飞驰而来。丁建成当即被撞得血肉模糊，而宋秋玉被撞飞了出去。由于当时很黑，再加上行人稀少，肇事的司机逃之夭夭，当交警把他们送到医院时，丁建成只剩下一口气了，宋秋玉命是保住了可是一条腿却就此废了。

在医院里，丁小茹看到了**伤痕累累**、奄奄一息的父亲。丁建成临终前将手中十万元存折塞到丁小茹的手中："小茹呀，这是爸爸给你的嫁妆，对不起……爸爸只能给你这么多了，真的对不起……"丁小茹看着骨瘦如柴的父亲慢慢将双眼合拢，跪倒在地，脑子一片空白……

料理完丁建成的后事，丁小茹把母亲接回到家中。虽然宋秋玉经过抢救后命是保住了，但是丁建成的去世对她的打击太大，以至于一直卧病不起、神志不清。丁小茹本想把婚事推到一年以后，但是，邻居说如果把婚事办了说不定还能替母亲冲喜。

在那期间白杨表面端茶送水犹如亲生儿子一般地照顾宋秋玉。可是，他与丁小茹独处时，总会神神秘秘地问丁建成给她留下多少遗产，丁小茹总是含糊其词地蒙混过关。

在旁人的催促下，丁小茹与白杨定在 2004 年元旦这天办理婚事，而新房就暂定在白杨原来购买的套房里。

婚礼结束时已经是晚上十二点多了，当疲惫不堪的丁小茹回到新房时，白杨问道："今天摆出来的嫁妆为什么只有七万元，剩下的放在哪了？"眼看纸再也包不住火了，丁小茹只好把所有的情况据实托出，包括那一幢房子的事，她说办完父亲的后事和给母亲治病现在只有这么多了。

听完丁小茹的话，白杨瘫坐在床，许久以后，他竟关起门后一把抓起丁小茹，对她大打出手。他大声骂道："为了你，我跟奴才似的天天伺候你。你这个丑八怪、文盲，竟然敢骗我，今天让你不得好死。"躲闪不及的丁小茹被打得鼻青眼肿，浑身伤痕累累。邻居闻声而来，好久才把白杨从丁小茹的身上拖开。

丁小茹怎么也不相信平日里文质彬彬，对自己疼爱万分的爱人会这样对自己。可是，浑身的伤痛却无疑地说明了这是一个不折不扣的事实。

从此以后，白杨不高兴的时候就会动手打丁小茹，为了挽救自己的婚姻，丁小茹把眼泪吞了回去。更过分的是，新婚不久白杨在公司里面公然与女同事调情，根本就不把丁小茹放在眼里。

一天，丁小茹加完班回到家里打开房门时，她被眼前的场景惊呆了：白杨与一个自己不认识的女人赤身裸体躺在床上。看到丁小茹回来白杨不慌不忙地穿好衣服告诉她：床上的那个女人是某某公司的副总经理，他们很早以前就认识。他说，他已经爱上她了，并坚决要和丁小茹离婚。丁小茹看着靠在床边近四十岁浓妆艳抹的老女人，一种从未有过的屈辱涌上心头，她疯狂地上去撕打白杨，却被他反手推倒在地。丁小茹站了起来恨恨地看着眼前的两个人，慢慢地转身。就在她刚跨出门口没有几步时，门被砰地一声关上了，听着里面传来肆无忌惮的调笑声，丁小茹几次要晕过去。

在那期间白杨屡次提出要离婚，但是丁小茹都没有答应。

丁小茹母亲借住的别墅主人将房子易主了，她只好把没有地方居住的母亲接到自己的家中居住。晚上白杨下班回家，一看到残障的丈母娘搬到了自己的家中，便破口大骂，要她赶快滚蛋。

丁小茹回到家中时，发现白杨用力地拖着滚落在地的母亲往外走。丁小茹看到这一幕生气极了，她抱着神情呆滞的母亲失声痛哭，大骂白杨不是人。她抬起头来第一次认真地审视自己曾经用心地爱着的人，发现他已经不知什么时候变得面目狰狞、行为可憎。当她完全悔悟建立在金钱基础上的爱情是这样不堪一击却为时已晚了。一行清泪从丁小茹的眼角流了下来……

7月的一天，丁小茹和白杨离婚了。她一遍又一遍地看着还喜气十足的新房流泪不止，她默默地收拾着自己的行李，背起母亲回到了自己新租来的房子里。

和白杨办理完离婚手续后，丁小茹也向自己所在的公司递交了辞职报告。离开公司时，她回头看了看这个陪伴自己度过初恋、结婚、离婚的公司时，心中有着一种说不清的痛楚与难过。

对着笔者，丁小茹说，回想往事的种种与父母的遭遇，心中懊悔万分。她知道过去打工时爱情曾留下的伤痛与愧疚，会在自己的一生当中留下深深的疤痕，永不能抹去！同时也明白能用金钱去衡量的感情与婚姻，必然也不是什么好的归宿！在这里她要告诉所有在外面打工的朋友：与其抓住虚幻的恋情，不如实实在在地把握亲情。不要刻意追求什么，让在外打工的亲人没有压力、快快乐乐地工作才是最为关键的。

妇唱夫随，斯文书生撑起"半边天"

如何处理好夫妻之间的关系，这是摆在家中的最为关键的问题。正所谓："百年修得同船渡，千年修得共枕眠。""夫妻就是两个半球，半个球无法滚动，要有另一个半球。"那么夫妻之间如何相处才能使家庭和谐呢？夫妻之间相处要理解、信任、尊重、宽容。发生意见争执时不要和老婆争输赢。完美婚姻一定要学会忍让，有时妇唱夫随也能有完美的结局。

（一）

曾树明与王琳同在福建泉州一家机械公司里面上班。曾树明是行政办公室助理，负责日常文件和规章制度的起草与撰写，是公司里面的秀才。而王琳是机加工车间唯一的一名女车工，操作机床。在机械厂里女的做车工还是比较少的，因为车床沉重，操作起来吃力，而且机加工产品油腻不堪，很少有女孩子能够吃得了这份苦、胜任这份工作。曾树明第一天到这家公司

上班时，就被站在车床前瘦弱文静的王琳吸引住了，他开始深深喜欢上这个自信坚强的女孩。

通过一段时间的观察，王琳发现曾树明虽然长得秀气斯文，但是，却是一个体贴细心的男人，不抽烟、不喝酒。虽然在办公室里面上班，但是每当他到车间下发文件时，都与车间的工人笑着脸点头打招呼，从不拿管理人员的架子对待他们。

因为彼此吸引着，很快两颗年轻的心碰撞在一起了，经过近一年的交往，两个人终于走进结婚礼堂，做了夫妻。

谁知好景不长，正当两夫妻在这家公司干得热火朝天时，公司新来了一个姓林的行政副总经理。他不懂得机械知识，却又要对公司各项制度进行改革，不仅把工时降下来，每个月还要无故扣员工的工资，把公司员工弄得叫苦连天，一些人纷纷提出辞职。

有一天，王琳正在车床上加工产品，林副总走进车间。他把王琳加工好的几个轴子拿起来看完后，就"砰"地把它高高往下扔。王琳一看急了，赶忙把加工件拿起来一看，完了，本来光洁度良好的加工件表面上被碰得坑坑洼洼。

本来好好的东西弄成这个样子，王琳心疼极了："你怎么可以这样放工件呢？你看看现在都成废品了。"

对方不以为然地说："不就碰上几个小点么，有什么关系呢？"

"难道你不明白轴承位要求的精度很高吗？不明白还可以坐上公司副总经理的位子，真是奇怪了。"王琳被对方气得语无伦次了。

林副总一听生气了，他大声地骂道："你一个小小的员工有什么资格这样对我说话，我今天就叫你走人，哼！"

果然，当天下午王琳被人事部告知自己由于不尊敬公司领导，被开除。当曾树明知道妻子被开除时，他生气极了，上楼找林副总理论，两人在副总办公室里大吵大闹的。到最后，自知理亏的林副总又把矛头指向曾树明，说他公私混杂，工作时带私人感情。除了开除王琳外，曾树明也要为此事作出深刻的检讨。

曾树明知道自己碰上了一个不分是非的领导，他气呼呼地说："检讨书不用写了，我辞职！"然后摔门而出。临走前曾树明给远在香港的总经理打了电话，将事情的来龙去脉交代清楚。虽然总经理一再挽留，但是，他想发生这样的事情，以后还要与林副总抬头不见低头见的，恐怕日子也同样不好过。于是，他还是把自己的工作对同事进行交接，然后带着妻子离开了公司。

回到家后，曾树明在一次外出中出了车祸，被撞成重伤，肇事者逃之夭夭。医生说病人完全调理好需要上万元的费用，这使原本不富裕的家庭开始负债累累，日子拮据万分。

为了让曾树明有充足的医疗和补养费用，王琳又在本地找了一家机械公司上班。但是，那也是一个私营企业，老板叫员工没日没夜地加班，一天至少要上班十三四个小时，有好几次王琳熬不住要请假却被组长给拒绝了。

8月的一天，王琳已经有三个多月的身孕了，但是公司正在赶货，王琳有了孕期反应，难受得很想请几天的假，却只批了半天，本来王琳决定不干了，可是想起躺在家中病恹恹的丈夫，王琳强忍住又开始上班。当憔悴不堪的她站到车床前不到半个钟头，突然下身流血不止，被送到医院时，被医生告知胎儿已经流产了，而且母体虚弱。

看到妻子苍白无力的样子，曾树明心疼得要死，他让妻子休息在家，自己就拖着未复原的身子，不顾妻子的苦劝又找了一家公司，仍然在办公室里面做文书一类的工作。

（二）

曾树明到新公司上班后，虽然身体较为虚弱，一些事做得力不从心，但他的文笔不错，写出来的规章制度头头是道，所

198

以，公司领导颇为重视他。试用期过后，他就提升为办公室的主任，负责公司人力资源与行政工作的管理。

王琳在家休息了一段时间，根本就闲不住，于是，也急匆匆地找到了一家公司，又做起了车工。

打工的日子非常艰难，王琳流产后身子更为虚弱，操作车床颇为吃力，再加上她的性子直率，一些公司里面的不良现象她都直言不讳，把一些管理人员得罪了。于是，他们就变相地给她小鞋穿，弄得王琳经常受气，经常在没有人的时候独自哭泣。

一天，王琳风风火火对曾树明说："长时间的打工，不仅没有出路，而且经常受气，我要自己办厂做主人。眼下许多机械加工厂的工件都加工不完，经常要进行外发，不如，我们自己也办一个小型的机械加工厂。"曾树明刚开始不同意，因为她怕妻子担这份活太累了。但是，看到王琳一脸倔强执着的样子，曾树明说服了自己，他知道不达目的妻子是不会罢休的，更何况这未必不是一条出路呢？

夫妻商量好了，可是资金从何而来呢？要知道一台旧的车床至少也要一二万元，王琳奔走了所有的亲戚却只能借到几千元。曾树明看着妻子可怜无助的样子，狠了狠心说："把家里

的房子卖了吧，至少也能卖个三四万元。"王琳不忍心了："把
房子卖了，我们住哪呢？"曾树明拍了拍妻子的肩膀说："反
正我们也要租厂房的，我们以厂为家吧。"

曾树明知道要筹建加工厂，如果没有自己的帮助，妻子一
个人无法承担起这样的重担。于是，他不顾公司的挽留，毅然
辞职了。他们还进行了分工，由于王琳熟悉机械加工，大局就
由她把握。请不起工人，王琳自行操作机台进行产品加工，同
时负责与厂家进行业务洽谈和原材料的采购；曾树明就做王琳
的帮手，主要负责送货、资金回笼以及加工厂中一些细微事项
的管理。

王琳用卖房子的钱买了两台不同型号的车床、几部钻床，
还有一些机械加工工具后，卖房子的三万多元钱也花得差不多
了。夫妻两人在街边租了一个破旧的仓库，在角落上搭了一张
床，再把原先家里的煤气灶等日用品全搬了过来。就这样，一
个麻雀大的旧仓库，成了他们的厂房、卧室、厨房。看着这个
破烂不堪的环境，曾树明与王琳挺了挺腰吸了一口气，他们知
道如果这次做得不好的话，那么自己必定会一无所有，以后就
要过没有家流浪的生活。

东西都备齐了，那么加工货源在哪里呢？一般加工单位，

要求王琳他们要包工包料，就是自己买材料进行生产，而且加工费用至少要压一个月才能领取。由于自己的加工厂刚开始，又没有靠山，一般将材料外发的单位都不放心让曾树明他们把东西带回去加工，怕有去无回。再说，他们的加工质量也暂时得不到厂方的认可。

怎么办呢？如果只接对方来料加工的活，那么，货源又稀少，没有几天自己连税收都交不起。如果自己承接包工再包料的活，风险太大，而且需要较多的资金进行周转。王琳和曾树明商量了一下，决定先接一些包工的加工方式，再接少部分包料包工产品进行加工。

操作车床王琳是轻车熟路，可是曾树明以前是一介书生，对机械加工一窍不通，曾树明就叫妻子教自己一些检验的知识。就这样，每当王琳在车床上加工时，曾树明就拿着游标卡尺等工具在一旁测量。每当王琳看着昔日白皙斯文的丈夫，弄得一身脏乱不堪，心里就酸酸的，好几次王琳关掉车床，蹲在地上失声痛哭，为自己当初鲁莽懊恼不已。

第一批包料的产品加工完了，曾树明就用摩托给厂家送货去，四五百斤的机加工件曾树明在大热天里骑了一百多里的路，终于顺利地送到了被加工的厂家里。交完货后已经晚上9点多，曾树明眼皮直打架，但他怕妻子担心，急匆匆买了一瓶冰镇葡萄糖饮料，把自己灌醒后，骑着摩托车往回赶。凌晨两点多回到家后，他脸脚都没有洗，一个扑通倒在床上睡了过去，他实在是太累了。

虽然刚开始接的活不多，但是，他们还是认真仔细地进行加工、检验，并赶在交货期前把产品交到对方手中。

第一批加工的款项是 952 元，虽然金额不多，但却是他们资金周转的命脉所在。一个月期限一到，曾树明还没到上班时间就到对方公司等，左等右等到老板签完字了后，出纳却有事外出。晚上 7 点多出纳回来了，保险柜的钥匙却被老总带走，取不出钱。现在自己已经两手空空，家里正等着这些钱购买明天一批要加工的原材料，如果材料供应不及时就会拖加工的后腿而延误交货期，自己也将失去一个客户。

曾树明急了起来，他好话说了一大堆，就差给出纳下跪。最后出纳被感动了，就把自己身上和同事的钱凑了出来，先付给曾树明。

"万事开头难！"曾树明与王琳过着艰苦万分的生活，他们把泡面当三餐、凉水当矿泉水。夏天的时候，旧仓库里面闷热异常，蚊虫遍布，两个人浑身被咬得起满了疙瘩，经常彻夜未眠。原来秀气斯文的曾树明折腾得又黑又瘦、蓬头垢面，而现年才二十九岁的王琳，周身黑漆油腻，简直像是一个捡破烂的。

有好几次他们夫妻俩外出上街时，一些以前的邻居和同事都认不出他们来了。

（三）

在他们的努力下，再加上王琳技术精湛，交货又及时，加工厂的货源越来越多，许多机械公司都愿意将自己的产品交给他们加工。加工量提上去了后，王琳又请了几名员工来轮班，这样就节省了购买机台的费用。

加工量增多后，一些质量上的问题面临着考验，因为员工做事时有的责任心不大，一些次废、次品胡乱混过关，有好几次一些加工件被加工方检验科退了回来。怎么办呢？再这样下去加工厂会走下坡路的，于是曾树明与妻子商量一下，决定对加工出来的产品能进行全检的，尽量全检；不能全检的也要最大幅度地进行检验，以严格控制产品的质量。

有一天，一批重要零配件加工完了，王琳只检验了一些就叫工人进行装车，曾树明正从外面回来，当他知道产品的抽检率不高，立即叫王琳停止装运，重新检查一次。王琳不以为然地说："这些产品是我自己加工出来的，我也抽检了一些，绝对没有问题！"可是曾树明一再坚持，弄得王琳很生气，不过最后拗不过他的执意要求，重新检查了一遍。结果发现合格率只有60%，原来后面加工一些的产品，由于机台出现故障造成加工精度的偏差。

经过那次事件后，王琳更加重视丈夫所提的意见了，她知道虽然他的机械加工知识不如自己，可是在管理流程上他却比自己更胜一筹。

皇天不负苦心人啊！经过他们苦心的经营，加工厂的规模开始扩大，他们又租了一个大仓库和几座房子，聘请了十几名员工，机械设备也由原来的两台增至十台。

加工厂是变大了，可是替人家加工产品，不过是替他人做嫁衣罢了，要得到真正的发展就必须有自己的主打产品。经过两人对机械产品的市场分析，他们发现各种型号的摩托车曲轴在市场很畅销。于是，他们决定将零配件由多种化固定为一种，这样既好管理，又利于品牌宣传。可是要加工自己的主打产品就必须要有相关技术资料和成套的机械设备，而这些需要数十万元的资金。

曾树明就对妻子提议道，把我们现有的机台全都押到银行，再申请贷款，这样就可以解决资金不足的问题了。几经奔波后，他们终于向银行贷到了三十万元的资金。拿到钱他们就马上用十万元向一家机械技术公司购买了一整套生产摩托车曲轴的技术资料，再利用其余的二十万资金买了数控车床、铣床、磨床等机台设备。

第一批摩托车曲轴生产出来后，曾树明跑了很多的摩配件市场，由于他们刚开始生产这种配件，没有知名度，所以，一些批发商都摇头拒绝。面临着这个问题，曾树明首先想到的就是把自己的产品交给权威机关认定，以得到相应的证书；再者，把利润降低后，施行先买后付钱的方式。一些批发商看到有利可图，就算货物积压卖不出去自己也不会有什么损失，这就是一个不用花本钱的生意。于是，纷纷向他们要货，慢慢地王琳生产出来的摩托车曲轴，凭质量、凭信誉终于在市场上站稳了脚，销量、知名度也逐渐打开。

钱赚到手了，曾树明就在当地一个开发区买了块地，开始建造属于自己的厂房。虽然他的两座小厂房与当地的大企业不能相比，但那时他们也已经拥有近百万元的固定资产。当年摩托车配件批发不容乐观，利润少之又少，曲轴批发已经没有什么利润可图了，王琳的公司又面临着企业再转型的问题。

　　如今泉州地区建材行业已经崛起，特别是在晋江、南安水头一带的石材公司慢慢变多，泉州也变成了中国石材进出口有名的城市。石材厂的增多让曾树明眼前一亮，他想只要抓住眼前的机遇自己创业的路必定会更加广阔，那就是生产自己品牌的机器设备——石材机械。他也知道光生产自己的机械配件已经没有什么利润可图了，要做就要做大的。还清贷款后，他们准备把自己的厂房以及一些机械设备再次拿到银行抵押并进行贷款，以建成更大更强的企业。

　　创业容易守业难，已经算是女老板的王琳和曾树明现在依然是着装朴素，出入也是最为普通的皮卡车。出现在公共场合之中的王琳在别人眼里是一个女强人，殊不知在这个女强人背后有一个默默无闻、顶天立地的男人在不声不响地帮助她、激励她，为她撑起了属于自己的"半边天"。

　　现在，王琳与曾树明的石材机械公司正在筹建当中。成功之路是没有止境的，相信他们未来的企业在夫妻同心的经营下必定再次走向一个高峰。

爱就要大声地说出来

　　爱一个人，喜欢一个人就要大声地说出来，让对方真真切切明白自己心中所想的。当然只说不做也是不行的，爱也要付诸行动，把放在内心的潜力发挥出来，照顾、帮助对方，让对方知道在你最最困难的时刻我在你身边，永远不离不弃，这就是爱情。

（一）

　　他是富家公子，大学刚毕业就进入父亲的公司里面任部门经理，在公司里面他是要风得风、要雨得雨，再加上他英俊潇洒，所以公司里面所有的女生都把他当白马王子。但是，他对那些花痴总是爱理不理的，他知道她们看上的不过是他的外表还有家世。

　　可是，最近他却喜欢上了公司技术部新来的一个小职员，她长得小巧玲珑，一双大眼像一泓秋水似的又清又亮，与公司其他女生相比，她的朴素和纯真是另外的一种美。

见第一眼起他就喜欢上了她，刚开始的时候他想：不过是公司的一个小职员，容易得很。可是每次她对他的态度都不卑不亢、落落大方，弄得他进退两难。

为保全面子，他偷偷地叫花店把花送给她，然后他又偷偷地打电话告诉她，每次她都把花转送给公司里面另一个暗恋他的女孩。

然后他又变相地在大酒店宴请办公室的职员，唯独她借口家中有事没有赴约。

没有人的时候，他对她说："我真的喜欢你，做我的女朋友吧，我们家里这么有钱，以后你的日子会非常好过的，我保证。"

她对他说："谢谢，我缺少的不是钱，而是一种真心实意的关心，一种你们有钱人所没有的实实在在的生活，你知道吗？"

他苦恼极了，什么是真心实意的关心？难道他主动找她，并答应给她丰富的物质生活还不够吗？

唉！为什么她和她们这样不同呢？又为什么自己对她这样的欲罢不能呢？难道自己爱对方的方式错了吗？

（二）

出身贫寒，父母离婚，是母亲含辛茹苦把她拉扯大。从小她就比别的孩子有志气，她勤工俭学，遇到困难的时候眉头都不皱一下，自己挺一挺就过去了。大二那一年，一个有钱人对她说：做我的小秘吧，我能给你们全家人富裕的生活。

她笑了笑扭头就走，把对方弄得莫名其妙。

大学毕业后，她找到了一家实力雄厚的公司上班，虽然只是技术部的小职员。但是，自己能在众多应聘的人中脱颖而出，被这家公司录取，她高兴极了。她要好好地把握这份工作，毕竟这是自己新生活的开始，而且她还能帮家里减轻负担。

她知道公司老总的儿子喜欢自己，她也是喜欢他的，因为他英俊潇洒，又受过高等教育，还有他不像别的公子哥那样一天换一个女朋友。

虽然他曾对自己表示过爱意，但是喜欢一个人难道就有错，不然为什么要偷偷摸摸的呢？难道喜欢一个人就只是送一些花，请几次客，花一点钱，满足对方一些物质生活，这样就行吗？

当他向自己表示心意的时候，她想告诉他：喜欢一个人不一定要看表面，一些内心的关心也是必要的！比如说，她的工作刚开始什么都不会，他可以帮助她进步呀！还有她不喜欢到正规的酒店里面吃饭。她多么想他可以和自己坐在街市的大排档品尝着各种风味小吃，他也可以约自己到山上看流星，那样既不花钱又浪漫，但是他却不知道自己的心思。

她想：这场还没有开始的恋情，最终会因为这样的隔阂而烟消云散。

（三）

相爱是没有距离的，即使双方贫富差异很大。爱他（她）就放下自己的架子，给对方想要的生活方式，迁就对方，慢慢地与对方磨合，那么一场步入现实生活中的恋情就会从这里开始。

他从小生活在温室里面，不知道生活的甘苦，他只知道只有富裕的生活，让对方生活得舒适安逸，生活水平高人一等，那么，这就是喜欢一个人的表现。

因为命运不同的关系，从小就失去父爱的她对人生有另外一种见解，世上有再多、再好的东西都抵不过逝去的生命。所以，她觉得喜欢一个人应该想对方所想，平平实实地生活着，那么就是快乐所在。

既然两个人都喜欢着对方，就不应该介意对方爱自己的方式，也可以为对方改变。男的有男的尊严，女的有女的矜持，两者像拔河似的暗中较劲，最终受伤害不是自己喜欢的人就是自己！何苦呢？

爱一个人，喜欢一个人就要大声地说出来，让对方真真切切明白自己心中所想的。当然只说不做也是不行的，爱也要付诸行动，把放在内心的潜力发挥出来，照顾、帮助对方，让对方知道在你最最困难的时刻我在你身边，永远不离不弃，这就是爱情。

真爱没有距离，爱就爱吧，没有什么见不得人，贫穷和富裕都不是一种错。面对它、解决它，再融合它，真爱就在这里开始，感情也就在这里得到升华！

危机四伏的爱情里，你何去何从？

百年修得同船渡，千年修得共枕眠。每对夫妻的结合，是几千年来修得的缘分。现在男人金屋藏娇、养小秘的情况不少，但在工作原因或是两地分居的情况下，妻子也有可能丧失抵御诱惑的能力，被人趁虚而入。男人对自己的外遇总有种种的借口：工作应酬需要、自己太有魅力等等，而妻子打打闹闹也就罢了，但是，妻子有了外遇，丈夫应该怎么办呢？她是水性杨花还是情有可原？是立马休了她，还是拯救濒临破裂的婚姻呢？一夜夫妻百日恩。怎么办？丈夫辗转反侧也难下决定啊！

正方观点：1. 人非圣贤，孰能无过。人也有难免犯错的时候，只要能回头，过去的事情就让它过去吧！

（一）我心依旧，你的过错我不计较

（李成，男，35岁，私企负责人）

李成与妻子陈红的结合可以说历尽磨难。当初李成刚从学校毕业出来时，一无所有，妻子不顾家人的反对，毅然与他在一起，并不断地鼓励他、支持他，让他的事业得以起色。虽然过去的苦日子不在了，不过，李成仍然被当初妻子不离不弃的真情感动着，他唯一能做的就是把生意做得更大，让她的生活能更好。

妻子陈红是一个非常温柔贤淑的女人。所以，每次李成外出公干时都对她非常放心，一忙起来有时连电话都忘了打，在他的印象中，陈红一定是静静在家里打理着家务，然后等着他回来，所以李成在外拼起来也没有一点顾虑。

正当李成频频外出时，陈红却无意之中发生了一段婚外恋。那天，陈红上街买菜不小心脚扭伤了，她去附近的医院就诊时，却碰到高中时暗恋自己的男同学大林，因为各种原因对方一直没有结婚。因为陈红行走不方便，便顺理成章地被对方送回了家。

在陈红受伤的那段日子里，大林天天往她家跑，不是送药就是看望她的病情。甚至有的时候，大林还亲自下厨为陈红炖

骨头汤，一个星期的嘘寒问暖，长期一个人在家的陈红不禁被大林的温情感动了，一颗心不禁一再向他靠近，婚外情也由此发生。

一天，李成在外出差，由于进展顺利，他提早回来了，当他打开门时却发现陈红躺在一个陌生人的怀中。当时李成脑子一阵空白，他不相信，不相信与自己患难与共的妻子在这时对别人投怀送抱。

大林看到这样的情况，当即逃之夭夭，而李成却出奇地冷静。他坐在沙发上一支接一支地抽烟，陈红坐旁边看着脸色发青的丈夫不知所措。当天晚上，李成把妻子一个人晾在了客厅，自己在卧室待了一天一夜。

隔天，在李成的追问下，她终于如实地说出了自己的事。陈红说知道自己这样做不对，不过一个人在家的日子也挺难的，所以就不知不觉发生了那样的情况。

李成也开始反省自己的错误，他知道正是因为自己事业心太重，所以忽略了与妻子的沟通和交往。他想妻子在最危难的时期都能站在自己这一边，而且事情也未达到不可挽回的局面，最后，他决定原谅妻子的错误，并减少自己外出的时间和次数，以维护两人之间的婚姻。

正方观点：2.家里捻着灯等你的那个人才是最爱你的人，才是可以牵手白头的人！我相信我的真情可以让她回来。

（二）以德报怨，我的婚姻还会继续

（王成平，男，31岁，公务员）

我能容忍妻子的婚外恋，并不是因为我不是一个正常的男人，而是我从头到尾一直深爱着我的妻子，即使她现在犯了这样大的错误，只要她改过，我都可以既往不咎。我与她发生了什么样的故事，现在让我告诉你吧。

我和妻子林南以前是邻居，我是在单亲家庭里成长的孩子，从小开始我便被其他的小朋友欺负，他们都会说我是没有爸爸的孩子，说我没人教养。林南大我两岁，个头也比我高，家庭环境很好。每当她看到我被人欺负了总会谴责其他小朋友，护着我。而且午餐的时候她还会把家里好吃的分一半给我。虽然她的岁数比我大，但是我却一直暗暗喜欢她，直到大学毕业后，我有了稳定的收入我才向她表明自己的爱意。

我终于如愿和林南结婚了，两年后我们有了一个男孩。结婚以来，林南一如既往地关心着我。在她的面前，有时我总觉得自己是一个长不大的孩子。妻子争强好胜，不管做什么事都

想占上风，就算是吵架也一定要赢人家，而我是一个不愿惹是
生非的人，遇到这些鸡毛蒜皮的小事，不想强出头，也正是因
为我这种懦弱的性格，让我的妻子与我有了隔阂。

一天，妻子上街买衣服时又与人争吵起来，是一个中年的
男人替他解了围，她也被他的仗义执言感动着，两个人就此认
识。那个男人也是有家庭的人，但是本性不好，喜欢到处拈花
惹草，他看到妻子有几分姿色，所以才和她认识的。

妻子没有工作，一般的时间都在家里处理家务，或许是太
无聊了，一来二去竟和那个中年男人频频交往。再后来两人竟
也会结伴出去玩，有好几次邻居告诉我他们的情况，我都不太
相信，直到一次我提早下班，他们在街上与我碰个正着，事情
才得以证实。

本来事情也由此打住了，但是妻子却被中年男子的花言巧
语迷得晕头转向，还向我提出了离婚。她说她喜欢中年男子的
英雄气概，而我软弱异常，从小到大都是这样，连个男人都不
像。听到这句话，我惊呆了，我不是怕事的人，我只是不想强
出头而已。

妻子的话深深地伤害到我了，我说，好吧，如果对方愿意
娶你，我就同意离婚。妻子满怀自信地出去了，但是却垂头丧

气地回来了，她说中年男子只是想跟她玩玩，他根本不可能和他的妻子离婚，然后她在我面前哭得一塌糊涂。

当她抽抽噎噎地收拾好东西要离开家时，我上前拉住了她。我说，如果她愿意的话，这个家的门永远都是为她敞开的，而且我不想我们的儿子失去妈妈。她一下子扑到我怀里哭得死去活来。

反方观点：1. 婚外情就像是白粥里掉进一颗老鼠屎，即便表面上看来再怎样干净、洁白，但是那种恶心的状态却怎么也挥之不去，无法忘记。

（三）摔碎的镜子，永难愈合的裂痕

（宋健明，男，38岁，高中老师）

我是一名高中教师，几年前因为工作关系被调到别的学校任教了，我的妻子雯雯也是那个学校的物理老师，第一天报到我就被她清纯秀美的外表吸引住了，此后，我就时不时以新来的需要帮忙经常去麻烦她，而热情的她也时常帮我解决各种困难。

经过一段时间的接触，我对她更是不能自已，我发觉她不仅长得漂亮，心地也非常好，我想她将来一定是个温柔贤淑的

好伴侣，为此我对她展开了长达三年的追求，最后我如愿以偿。

雯雯比我小 8 岁，我把她当成孩子一样地宠着，像公主一样，舍不得她做任何的家务。在我的眼里她纯洁得像一朵出水莲花，像神话中的女神，我就这样小心翼翼地呵护着，而为了让她不受累，我甚至没有想到要孩子。

两年前，雯雯由于教学成绩出色被学校派到外地进修了，回来的时候我发觉她像变了一个人似的。以前她虽然也不是不喜言语，不过却不像现在时不时轻轻地叹气，有的时候还拿着手机躲卫生间里半天不出来。五年的夫妻，知她莫若我，我知道这里面一定有事情发生，于是我偷偷地注意起来她。

一天，她去上课将手机放在抽屉里，我路过她的办公室刚好听到手机响，就帮她接了起来。还没有说话就听到一个男性的声音：雯，怎么响了这么久才接。我一时愣住。当我说你是哪位的时候，对方却将电话急匆匆挂了。

我一时疑惑极了，不禁拿起她的手机翻查起来，一些肉麻的短信跳入了我的眼帘。什么宝贝、甜甜之类的话让我触目惊心。更有甚者，他们还涉及到性话题，什么你嫩滑胴体让我久久难忘，我当即气急败坏拿着她的手机到教室里质问她。

但是妻子一口咬定是别人的恶作剧，叫我不要相信，由于我没有亲眼看到，两个人吵吵闹闹也就罢了。后来虽然事情也平息了，但是那个短信阴影却挥之不去，我对雯雯的态度也来了一个360度的大转弯了，我再也无法像以前那样对她，把她当公主一样宠着，我们时常因为一些小事发生口角，有的时候我还会动手打人。

这件事情拖了一段时间，我始终没有办法忘记那件事，我们最终提出了分手。

反方观点：2. 发生婚外情，就像吸毒的人吃毒品一样，一旦尝到了甜头，那种美妙的滋味总也无法忘却。就算现在能制止住这样的行为，风头过了以后，难免还是会出现类似的情况，与其这样，长痛不如短痛！

（四）有一就有二，不会只是一次的背叛

（张伟，男，35岁，销售经理）

今年35岁的张伟是一家公司的销售经理，妻子小芬是一家私企公司的文秘。两人于2000年结婚，现在已经有了一个3岁的女儿。张伟是公司的一把好手，也时常被公司外派到分公司发展业务，公司的总经理非常看重他。在工作上两个各忙各的，再加上家庭经济条件不错，张伟一直对自己的生活很满

足，认为自己生活得很幸福。

今年年初，刚从珠海回来上班，公司要他立即到桂林一下。他急匆匆收拾好行李去机场时，发现自己将身份证忘在了家里。可是当他跑回来时，就在家的附近，看到妻子下楼然后上了一辆私家车。

妻子也没有什么有钱的朋友呀，张伟觉得奇怪极了，但是由于出差的时间较急，于是他也顾不得多想，拿着身份证就往外跑。路过衣橱时发现妻子的那一格半开半闭，伸手去关的时候却掉出一样东西来。

张伟捡起来一看，是一个日记本。好奇心驱使下，他忍不住看了起来。翻了几页，张伟吓一跳，这是一本记录着妻子与一名陌生男子偷情的日记，其中一些语句让张伟看了怒火中烧。

那天，张伟向公司请了假，说家中有急事不能出差，派另外的人出差。那天晚上张伟等了妻子整个一晚上，也没有等到妻子回来，打她的电话妻子却告诉自己在家里，要睡了，然后还撒了几次娇。张伟坐在家里不断地抽烟，妻子对他说的话分明就是一个很大的骗局，那个时候她分明就是在另一个男人的怀里，还说在家里。

张伟将自己没有出差的事实告诉了妻子，并告诉她自己亲眼看到她上了一辆私家车。在一切事实的面前，妻子终于将自己有外遇的情况告诉了张伟。她说那个人是公司的一个客户，也是有家庭的人，因为妻子常在外，所以两个频频联系。

妻子还告诉自己，她和他在一起只是因为好玩，并没有与他真正发生感情，她信誓旦旦自己一定不再与对方联系，恳求张伟原谅自己。张伟一想到日记本上面记载的那些恶心的字句，心中的怒火停息不下来。他想自己常年在外，她有了第一次就会有第二次的，无论如何也不能与她一起生活了。随后，张伟不顾妻子的请求，以夫妻感情破裂为由，将妻子起诉至法院要求离婚。

看看专家怎么说：

过去只要听说谁有婚外恋，就会不加分析地把其看成道德败坏，对其施加社会压力，进行道德谴责，而其配偶就成了受害者，成为人们同情的对象，由此助长了其委屈的心理。在一边倒的社会舆论中，如果原谅对方，人们反而会不理解，觉得怎么可以再与"坏人"生活在一起，辜负了大家的同情，因而弄得当事人"骑虎难下"，常常不得不离婚。

现在人们遇到婚外恋时，要先冷静下来，反思并承认婚内的问题，进行客观全面的分析，既批评移情别恋者的错误，又内省自身的缺点，思考改善婚姻质量的必要和可能，以挽救婚姻。不再用简单的直线的方式分析复杂的问题，这确实是人们认识的提高和思维方式的进步。

题 外

金光菊花开

　　第一次看到金光菊花的时候，是在男友家的附近，那个时候我刚和他订婚。

　　那天，天气晴朗，他骑车载着我，在一条并不宽敞的水泥路上慢慢穿行。我和他轻声细语地说着一些简单却令人怦动的话语，卿卿我我。突然一阵微风拂面，空气中一股似酸非酸的味道进入我的鼻翼。

　　好独特的味道，我回过神来向四处张望。我看见小路两旁一株株大大高高，开着巴掌大似菊非菊的黄花伫立在微风之中。那些花亭亭玉立，左右摇摆，质朴却不失大方，很吸引人的眼光。我想香味一定是从那里发来的，因为除此之外，四周并没有什么植物。

　　我扯了扯男友的衣袖示意停车。走到花前，我看到那花长得好高，我踮着脚尖高高地伸出手来才能把那黄花拢到面前细看，那个花盘长得有点像向日葵，但是没有它大，中间无数的花蕊紧紧地簇拥着，周边黄色幼嫩的花瓣依次排开，长相非常简单普通。

我轻轻地闻了闻它，不香，味道好怪。男友看到了，笑着说："这花学名叫做金光菊花，我们一直叫它臭菊花，这里到处都是，冬天我们把它砍了当柴烧，春天又看见它漫山遍野，生生不息。"

金光菊花，好独特的名字。我向四周张望而去，小路的两旁真的长满了密密麻麻的金光菊花，一簇簇，一丛丛，像一堵堵高大黄绿相间的墙。那黄花高高地抬着它的脸庞，在金黄的阳光映照下发出迷人的光芒。这时又是一阵风来，黄色的花海齐齐地点着头，笑容可掬，让人动容，让人心醉。

虽然只是初相见，我却发现自己无可救药地喜欢上了这种花，这一种被人视为草芥、只能在冬天拿来当柴烧的野花。我忍不住轻轻地折下一朵黄花，把它捧在了面前。老公急忙说道快扔了它吧，一会儿弄臭了你的手。我看了看他关心的脸庞，笑着摇了摇头，我把花放在鼻前，味道是比较特别，但是不臭，那是一种质朴的乡野味道，我心平气和地看着它，欣赏它。

我知道我为什么这样喜欢臭菊花，为什么喜欢这种平凡朴实的野花，那是因为我是农民的孩子，在我的身上从头到脚都流淌着洗抹不尽的乡尘凡土，流淌着祖辈父辈留下的质朴情怀。

在臭菊花娇黄绽放的脸庞上，我看到包含着的纯朴、实在、真性情，想到让人温馨的笑容。

几天之后，我和男友结婚了，那天我捧着一大把香味四溢的玫瑰和百合花进门，周边被许多浓烈而又高贵的香味紧紧地包裹着，让人心神俱醉。男友的乡亲在新房内围着我，大人小孩好奇地看着我，与我对视的时候，一张张黑黑的脸庞上都洋溢着质朴的微笑，很真诚。我看着他们，也回报着我的微笑。

男友在门外忙来忙去，递烟敬酒，时不时地跑到新房内对我憨憨地笑着，轻声地交代着一些并不重要的事务，脸上的笑容幸福而又满足。我的新房靠着小路，透过大大敞开着的窗户，我看到高高的金光菊花在我的窗前轻轻地摇曳着，枝头上绽放着数不清大大娇嫩的黄花，一丝淡淡让人不易察觉的臭菊花味轻轻地掺杂在空气中，让人感动。

我一边看着门外不断闪过的笑脸，一边看着窗前金光菊花的笑脸，这辈子最大的幸福涌在心头。

大海与石头的爱恋

大海的内心：温柔、善良，如梦如幻。

石头的天性：高大、严峻，冷傲无言。

表面平静的大海，内心却涌动着无边无际的孤寂和无奈。每天的每天，大海只能独自歌唱，她时常将如泣如诉的歌声悬浮于空旷的苍穹，将眼泪流入内心最深最深的地方。

不变的石头，不变的冷漠，终使他的身上刻满了岁月的痕迹，还有年复一年，日复一日的风霜，但是石头终究是石头，从未曾改变。

大海和石头啊，一个在天南，一个在地北，几千年来，一切的一切仿佛毫无关联，仿佛不会再有任何改变。

一望无垠的海啊，广阔、澎湃、激情四射，就连那宽广的天际，还有令人沉寂的黑夜，也锁不住她的涌动，她要挣脱命运的束缚和摆布，她要寻找自己的爱情，她宁愿承受痛苦也不愿意这样——不生、不死、不老、不灭。

石头太喜欢独处，太喜欢默默矗立，他将自己深深地，深

深地埋藏，他的固执让人心疼、发慌。他就这样静静地、静静
地让岁月流淌，不愿离开家乡，不愿意进入远处的花花世界。

执着的大海每天唱啊唱，终于有一天，她打动了天神，于
是，海水突然被巨风带得很高很高，高到石头可以看见她了，
而她也看到石头了。

只是一眼，海就喜欢上石头了，她很高兴，她大声地欢唱
着：海滨邹鲁，有石而立，其情可扬，其心可动，完美无瑕，
唯海可伴……海唱这一首歌的时候，她的眼睛很蓝，她的内心
很柔，她的身影很婀娜。

石头看啊看，他感觉海很远，但是又好像很近，一种从未
有过异样的情愫轻轻地轻轻地拨动他的心弦，一下又一下……

石头的心被海的歌声慢慢地慢慢地唱软了，他隐忍了几千
年僵硬的心在海的柔情中，一点一点被融化，一点点被催醒。
但是，他仍然固执，他仍然冷傲，他还是居高临下地看着海，
任凭海一点点一点点从他的眼前，从他的心里慢慢地消失。

回到原点的海还是那样唱着，唱着，日复一日，年复一年。
石头就这样听着，也日复一日，年复一年，只是她是她，他是
他，未曾改变。

海打动不了石头，她很难过，夜深人静的时候，她不再唱

歌，而是轻声哭泣。

有一天，一阵风吹来，它对她说："我可以带你去看石头，但是你要变成云，变成很轻柔的白云。"海想也没有想就同意了。

海变成了云，风把她带到了石头上面的天空，但是很高很高。

海说再低些，再低些。风说再低你就变成了雨，变成雨后，你再也回不到过去，回不到原来的地方了，你就再也不是海了。

为了见石头，海同意了。

变成云的海降得很低，很低，越靠近石头，云就觉得自己快要被燃烧，很疼很痛。但是海还是一低再低，她不停地唱道：海滨邹鲁，有石而立，其风可扬，其心可动，完美无瑕，唯海可伴……

一遍又一遍，石头终于感动了，他抬起头来看见了美丽而纯净的海，也看见了她一往情深的蓝色眸子。石头的心终于彻底被融化了，他慢慢地、慢慢地抬起手来，就在他刚要碰到海的脸颊的时候，突然风又过来了，变成云的海瞬间变成了满天的雨水，千千万万，万万千千。

那一瞬间，石头再也控制不了自己的感情，他哭了，大声地哭了。

　　雨水和泪水交集在一起，不断地洗涤着石头，他俊朗的身段还有刚毅的脸庞终于清楚地显露出来了。海在消失的瞬间终于看清了石头，她在石头深情而执着的眼神里，幸福而又难过地离去。

　　为了寻找飘落于天南地北的海，石头走出去了，他不断地经受敲击、打磨和分割，不断地经受一次又一次的疼和痛，于是他也变成了千千万万，万万千千。

　　石头越磨炼就越俊朗，他走过了千山万水，走到了天南地北，他只有一个心愿，有海落下的地方就有石头。千千万万的他要和千千万万的海幸福地在一起，永不分离。

　　俊朗的石头终于脱颖而出，名利双收，也有了很多的仰慕者和追求者，但是石头知道，他是海的石头，不管在哪里，不管什么时候，都有一个海等着他，虽然很远，但又很近。

　　海和石头的爱情那么重，但是说出来却很轻很轻……